별을 찾아서

김인희 수필집

별을 찾아서

별을 찾아서!

멈출 수 없는 거룩한 일이다. 산골 소녀에게 문학의 DNA를 심어준 별. 수불석권
手不釋卷을 당부한 별. **작은 세계를 깨뜨리고 별을 향한 경지에 오를 수 있도록**
사닥다리가 되어준 별. 빛을 내고 싶어 전율하는 이국의 별들. 사람과 사람 사이
착한 별이 되어야 한다. 별과 별 사이 따뜻한 별이 되어야 한다.

시아북
詩芽BOOK

프롤로그

그대

주말 아침에 잠에서 깨어보니 비가 내리고 있었다. 깊은 밤에
잠자리에 들었으니 비는 새벽부터 내렸을 것이다. 오랜만에 일정
이 없는 주말을 맞이하면서 콧노래가 절로 나온다. 간밤에 잠을
청하면서 늦잠 자야겠다고 단단히 벼르던 마음은 어디로 도망갔
나. 달력에 적어 놓은 일정을 확인하고 우선순위대로 하나씩 일
을 마무리 짓겠다고 다짐한다.

창문을 열고 빗소리를 듣는다. 빗줄기가 눈에 보일락 말락 내리
고 있다. 커피잔을 들고 창가에 서서 시선을 창밖 내리는 비에 고
정한 채 커피를 마신다. 커피의 향이 거실을 가득 채우고 있었다.

빗물이 목련의 커다란 잎에서 미끄럼을 타고 키 작은 동백의 잎에 떨어지고 다시 땅으로 낙하한다. 나는 소리 없는 빗물의 발걸음에서 소녀의 기도 피아노 선율을 듣고 있었다. 그리고 잔잔한 세레나데의 음을 듣고 있었다. 별의 허밍을 들을 수 있었다. 상상만으로도 황홀한 감촉이 오감을 자극하고 온몸을 감싸고 있었다.

그대

글제를 놓고 그대의 의미를 천착한다. 분명 문법적으로는 2인칭 대명사일진대, 나의 그대는 무궁무진하다는 것을 깨닫는다. 지금까지 지내오면서 감동을 준 대상에게 부여한 이름이 그대였다. 최초의 그대는 누구였을까. 책을 끼고 살면서 좋은 작가를 만났을 때 책이 그대가 되었다. 작가가 그대가 되었으며 주인공이 또한 그대가 되었다. 길을 걷다가 길섶에 피어있는 이름 모를 들꽃이 그대였으며 캄캄한 밤하늘에 빛나는 별이 그대가 되었다. 나의 그대는 나이불문 대상불문이다.

그대는 꿈이다. 지금까지 숨이 차도록 찾아 헤맨 미지의 그 무엇이다. 저만치서 손짓하여 따라가면 다가간 거리만큼 멀어지는 꿈. 산을 하나 넘으면 만날 수 있을 것 같아 사력을 다하여 산등선에 올라서면 다시 그 높이만큼 올라서서 유혹하는 꿈이다. 소녀시절에 만난 그 꿈을 따라 예까지 왔다. 고단한 여정이었다. 그 노선에서 이탈하지 않고 아직도 잡히지 않는 꿈을 주목하면서 쉴 수 없는 일상이다. 더러 교차로를 만났을 때도 일순의 망설임 없이 직진하였다. 그 길을 수십 년 동안 걸어왔건만 일정 구간을 무한 반복하면서 진전 없이 제자리걸음이다.

그대를 거머쥐기 위해서 수단과 방법을 총동원하였다면 지금쯤 어디에 당도했을까. 진작부터 야망을 품고 전력 질주하였더라면 저만치 앞서갈 수 있었을 텐데. 그때는 왜 몰랐을까. 출발선상에 미리 기다리고 있지 못했을까. 도중에 도돌이표를 연주하지 않고 곧장 달렸더라면 지금쯤 목적지에 도착했을지도 모를 일이다. 빗줄기가 땅을 적시듯 조소가 번진다.

그대는 운명이다. 나의 그대는 잡을 수 없는 파랑새인지도 모른다. 소나기 내린 날 햇빛에 반사된 빛들의 반란, 무지개인지도 모른다. 일생에 몇 번밖에 볼 수 없는 무지개! 과학책에서 햇빛을 등지고 호수를 통하여 물살을 뿌리면 무지개를 볼 수 있다는 것을 알았을 때. 나의 꿈이 산산이 부서지는 것 같았다. 무지개를 잡으려고 가없는 발돋움을 하던 내가 그리 쉽게 만들 수 있는 무지개를 알았을 때의 허무와 허탈감은 단애의 끝이었다. 차라리 눈을 감고 말았다.

그대
내가 사는 이유이다. 나를 살게 한다. 내가 세파에 시달리면서도 착한 미소를 잃지 않는 것은 그대가 있기 때문이다. 내가 따뜻하게 살겠다고 고집부리는 이유도 그대다. 밤하늘에 그물을 치고 붙들고 싶은 순결한 별이다. 망망대해에 빈 낚싯대 드리우고 불을 밝히는 등대의 기다림이다. 삼라만상의 소리를 한 편의 시詩로 붙들고 자지러지는 나르시시스트의 환호다.

 그대
 아직 꿈꾸고 있는가. 혼신으로 전신을 땀으로 흥건하게 적셨는가. 주체할 수 없는 열정으로 몸부림치는가. 제 몸의 가시로 제 심장을 찔러 피투성이가 된 꽃의 사연을 들었는가. 그대, 별이여!

차례

2부 샛별이 떠오르다

차례

4부 별의 경지를 향하여

나 또한 별이 되고 싶다.

힘들고 지친 이에게 어깨 한쪽 내어주고 기대어 쉴 수 있게
휴식이 되고 싶다. 커피를 들고 창가에 선 외로운 이에게
빗물 같은 잔잔한 위로가 되고 싶다.

제1부
별을 찾아서

1.
별을 찾아서

늦은 시간이다. 시계의 시침이 자정을 향하여 돌아서고 분침과 초침도 의기투합하여 자정을 향하여 달리고 있다. 거실 컴퓨터에서 하던 작업을 끝내고 소등 후 서재에 들어왔다. 한쪽 벽을 책으로 채우고 있는 서재의 커다란 책상 위에 놓여있는 노트북은 내 손길을 기다리고 있는 눈치다.

책상에 앉아 사방을 둘러본다. 책상의 오른쪽에는 단체의 서류가 놓여있다. 왼쪽에는 책이 수두룩하게 쌓여있다. 바로 옆에 있는 책꽂이에 꽂을 새도 없이 수시로 봐야 할 책들이다. 재단에서 한국어 교재를 편찬하라는 제의를 받고 작업 중이다. 막중한 임무를 받고 주저하고 있다.

작년 이맘때 고지를 향하여 걷고 또 걸었다. 내 시야를 목적지에 고정한 채 다른 곳으로 향하는 시선의 반경은 모두 차단했다. 자나 깨나 앉으나 서나 별에게 이르는 순례를 멈추지 못하고 우직하게 걷고 또 걸었다. 천인단애의 끝에 선 절박한 순간에도 호흡을 가다듬고 걸음을 멈추지 않았다. 열 손가락 끝이 저리고 아파도 멈출 수 없는 고역이었다. 지름길은 애초에 없었다.

그때 자위했던 말이 있었다. 경지에 도달한 후에는 훌쩍 떠났다 오리라. 아무리 급한 일이 있더라도 옷자락을 잡고 늘어지는 일이 있더라도 단호하게 뿌리치고 떠나리라. 일 년, 아니면 몇 달이라도 나만을 위한 시간과 공간을 마련하리라고 단단히 벼르고 있었다.

막상 목적지에 이르렀을 때는 작정했던 호사를 누릴 맘이 봄눈 녹듯 사라졌다. 자신에게 가혹한 채찍을 사정없이 휘두르고 있었다. 무엇도 완벽하지 않은 것만 같았다. 텅 빈 공간에 주저앉아 갈피를 잡지 못하고 내면의 소리를 들으면서 참회하고 있었다. 유일한 탈출구는 일에 몰입하는 것이었다. 직장에서는 업무에 시달리고 출강 수업을 하면서 생각의 틈을 주지 않고 인터넷 강의에 혼신을 쏟아내면서 사는 이유를 찾고 있었다.

너무 가혹했을까. 급기야 탈진 상태가 되었다. 물을 삼키는 것조차 힘들었다. 하루는 퇴근 후 모든 일정을 미루고 침대에 누웠다. 휴대전화 전원을 끄고 아무것도 하지 않을 작정으로 누웠다. 지난 일 년 동안 숨 가쁘게 지낸 시간이 파노라마처럼 펼쳐지고 뜨거운 눈물이 흘러내렸다. 한시도 멈출 줄 모르는 가엾은 나를 내가 꼭 끌어안았다. 멈추면 큰일 날 것만 같은 강박관념을 불치처럼 지닌 가엾은 나를 토닥토닥 위로했다.

화무십일홍이라는 말을 절감했다. 햇살이 쏟아지는 한낮에 벚꽃나무에서 분분하게 낙화하는 꽃잎이 꽃눈이 되어 흩날리고 있었다. 그 찬란하여 더 슬픈 춤사위를 보면서 인생무상이라고 독백하려다 입술을 깨물었다. 언젠가 내 인생의 '화양연화化樣年華'는 바로 지금이라고 고백했던 적이 있었다. 내 입술로 고백하는 대로 이루어진다는 믿음이 있다.

별을 찾아서!
멈출 수 없는 거룩한 일이다. 산골 소녀에게 문학의 DNA를 심어준 별. 수불석권手不釋卷을 당부한 별. 작은 세계를 깨뜨리고 별을 향한 경지에 오를 수 있도록 사닥다리가 되어준 별. 빛을 내고 싶어 전율하는 이국의 별들. 사람과 사람 사이 착한 별이 되어야 한다. 별과 별 사이 따뜻한 별이 되어야 한다.

동백이 붉은 꽃송이를 뭉텅 잘라내어 낙화한 꽃송이 사진을 찍었다. 그 사진에 어울리는 시조를 써서 페이스북에 탑재했다. 사무실 주변을 산책하다가 하얀 민들레를 발견하고 사진을 찍어 저장했다. 봄 들녘에 노란 민들레가 산재해 있지만 토종인 하얀 민들레를 지나칠 수 없었다. 별을 찾아 떠나는 여정에서 만난 소소한 에피소드다.

나의 별은 밤하늘에만 있는 게 아니다. 풀숲에 앙증맞게 앉아 웃고 있는 이름 모를 작은 꽃이 반짝일 때가 있다. 연녹색 버드나무 실가지에 매달려 있는 작은 새의 노랫소리가 빛날 때도 있다. 공사장에서 구릿빛 땀방울을 흘리는 사내의 눈망울이 소의 커다란 눈망울처럼 끔벅일 때 그 사내도 별이다. 법 없이 사는 사람들의 해맑은 미소도 내게는 별이 된다.

나 또한 별이 되고 싶다.
힘들고 지친 이에게 어깨 한쪽 내어주고 기대어 쉴 수 있게 휴식이 되고 싶다. 커피를 들고 창가에 선 외로운 이에게 빗물 같은 잔잔한 위로가 되고 싶다. 깊은 밤 잠 못 이루는 시인과 새벽까지 동행하는 별이 되고 싶다. 연인들에게 달콤한 사랑을 이어주는 오작교 같은 별이 되고 싶다.

별을 찾아서!
별을 찾아 떠나는 길에 별은 내가 되고 나는 별이 되는 무아지경이 된다.

2.
소녀와 별

별을 사랑하는 소녀!

소녀에게 어울리는 대명사다. 야트막한 산이 마을을 병풍처럼 빙 둘러싼 산골 마을에서 나서 자란 소녀가 있다. 양지 녘에 하얀 민들레꽃이 노란 나비를 부르면 산비탈에 연분홍 진달래가 피었고 밭두렁마다 개나리가 피었다. 산벚꽃이 소리 없는 폭죽을 터뜨리면 앞산과 뒷산에서 뻐꾸기가 요란하게 노래했다. 실지렁이처럼 꼬물거리는 그 길을 걸어서 초등학교에 오가고 중학생이 되었다.

교복자율화 1세대 중학생이 되어 이웃 마을을 지나 중학교에 오가던 길에는 실개천이 놓여있었다. 사이좋게 어깨를 맞대고 있는 논두렁을 지나 실개천에 다다르면 떡두꺼비 등판 같은 징검다리가 놓여있었다. 비가 많이 내린 날에는 실개천을 건너는 지름길을 외면하고 부채꼴 능선을 따라 먼 거리로 다녔다. 국어 시간에 '소나기'를 배운 어느 날 소설 속의 소녀가 되어 징검다리에 앉아서 개울물에 손을 담그고 물장난을 하기도 했다. 한겨울에는 징검다리가 얼어서 미끄러워서 조심조심 건너서 오갔다.

그 시절에 밤하늘 우러러 별을 보고 별을 사랑한 시인을 만났다. 수업 시간에 교과서에서 만난 윤동주 시인 그리고 그의 시 '별 헤는 밤'을 읊조리던 가을밤에 가슴에 쏟아져 내리던 별을 주체하지 못하고 황토 마당에 주저앉아 엉엉 울었다. 그날 밤 소녀와 별의 합일이 이루어졌다. 소녀의 문학 혈맥에 각인된 별의 유전자가 이끄는 대로 오솔길을 따라 걸었다.

소녀는 상업고등학교를 졸업하고 서울올림픽이 개최되던 해에 사회 초년생이 되었다. 부천에서 용산 전자상가로 출퇴근할 때 지옥철로 악명 높은 1호선 전철을 이용했다. 쥐꼬리만 한 경리 월급은 요목조목 제하고 나면 남는 게 없었다. 서점에 들러 책 한 권 품에 안으면 하늘만큼 땅만큼 행복했던 시절이었다. 그해 늦가을 땅거미가 내린 부천역 광장을 바람 따라 배회하던 플라타너스 낙엽이 처연했다. 최루탄의 매캐한 냄새를 핑계 삼아 눈물을 펑펑 쏟으면서 집까지 걸었던 모습이 지금도 눈에 선하다.

중학교 시절 국어 선생님께서 소녀에게 점지漸漬해 준 언어 '수불석권手不釋卷'이 찬연한 별이 되어 소녀를 지켜주었다. 콩나물시루 같은 전철을 아랑곳하지 않고 언제나 손에 책을 들고 있었다. 장르를 가리지 않고 만났던 작가와 책의 등장인물들은 소녀의 연인이 되었고 그들과 사랑에 빠졌다. 한수산 작가의『부초』를 읽은 후 서커스 천막 안을 기웃거리면서 등장인물들을 찾았던 적도 있었다. 별을 사랑한 시인은 소녀의 하늘에서 영원히 빛나는 별이다. 소녀는 책을 통하여 역사, 문학, 문화, 예술 등에 입문하면서 성숙했다.

도시에서 몽유병에 걸린 알프스의 하이디처럼 소녀도 빌딩숲을 헤매면서 시골을 그리워했다. 자본주의 군상에 흡수되지 못하고 물 위를 떠도는 기름이 되어 표류하던 시절이었다. 젊은이들이 상경을 동경하던 때 소녀는 역주행하여 시골을 동경했다. 소녀의 바람대로 결혼 후 시골(부여군)에 안온한 둥지를 틀고 한 남자의 아내가 되고 두 아이의 엄마가 되었다. 그때도 손에서 책을 내려놓지 못하고 현모양처를 꿈꾸며 주경야독晝耕夜讀을 감행했다.

한국방송통신대학교 영어영문학과 공부를 하면서 두 자녀와 아웅다웅하고 남편과 티격태격하고 양가 집안의 대소사를 챙기느라 좌충우돌했다. 무엇 하나 간과할 수 없었던 고단하기만 했던 시절이었다. 세월이 이만큼 지나 돌이켜보니 그 시절이 전성

별을 찾아서

기였을까 하는 생각이 전광석화電光石火처럼 빛난다. 대학교를 졸업한 후 빛나는 경력으로 방과 후 학습지도를 하면서 사회복지사 석사과정에 입문했다. 강의실에서 직접 교수님 강의를 듣는 것이 황홀했다. 꿈을 꾸듯 석사과정을 마치고 사회복지사가 되어서도 학업에 대한 열정은 식을 줄 몰랐다. 어쩌면 제때 하지 못한 공부가 천추의 한恨이 되었을 것이라고 자위했다.

지천명을 넘어 이순을 향한 능선에서 박사과정에 도전장을 던졌다. 박사과정 면접시험을 볼 때 면접 담당 교수님의 질문이 의미심장했다. 교수님은 서류를 보면서 영어영문학과 학사, 사회복지학 석사 그리고 박사과정은 한국어학과, 연관성이 없는 것 같은데 한국어학과를 지망한 특별한 이유가 있는지 궁금하다고 했다. 나는 살포시 웃고는 "때마다 필요한 공부였다. 영어영문학사로서 방과 후 교사로 일했으며 사회복지사로서 복지의 사각지대에 놓여있는 대상자들에게 복지의 햇살이 다가갈 수 있도록 일조했다. 한국어학과 지망은 연어의 귀환歸還과 다르지 않다. 문학이라는 별을 지표 삼아 오는 동안 애타게 찾은 귀착지"라고 답변했다. 면접관이었던 지도교수님께서 한용운 님의 '님의 침묵' 시낭송을 요청했다. 즉석에서 시낭송을 하자 연관성이 없다는 우려를 표명한 교수님께서 활짝 웃고는 어쩔 수 없다는 듯 고개를 주억거렸다.

박사과정 공부를 하면서 이국의 별들을 만났다. 중부대학교 한국어학과는 중국, 몽골, 미얀마, 베트남, 우즈베키스탄 등 외국에서 온 대학원생들이 90%다. 한국어의 위상이 급부상하여 한국어학과의 인기가 하늘을 찌르고 있었다. K-POP, K-드라마, K-스포츠, K-푸드 등 한류열풍의 기류를 타고 한국어의 인기가 날로 치솟고 있음을 몸소 실감했다. 이국의 별들과 공부하면서 그들의 문화를 알았고 소녀의 언행심사言行心事가 곧 한국이라는 사명감을 한시도 내려놓지 않았다.

높이 띄운 별 하나, 박경리!

박사학위 논문 주제를 정하는 것이 최대 관건이었다. 이런저런 우려의 말, 쉬운 길로 가라는 달콤한 조언, 도움이 필요하면 연락하라는 든든한 지원의 손길을 외면했다. 박경리 작가의『土地』열여섯 권을 안고 스스로 거푸집을 짓고 들어앉았다.『土地』의 시간적 배경은 동학혁명이 실패로 끝난 후 일제강점기부터 광복을 맞이하기까지 반세기의 역사였다. 공간적 배경은 하동 평사리 최참판댁에서 전주, 서울, 만주, 연해주, 일본까지 넘나들고 600명이 넘는 인물이 등장한다.『土地』의 원고는 4만 여장이라고 했다. 박경리 선생의『土地』열여섯 권을 읽고 또 읽으면서 한국어문화문법을 찾아 권, 쪽, 행을 표기하면서 몸부림쳤다.

논문『박경리 〈土地〉에 나타난 한국어문화문법』으로 박사학위를 받았다. 논문을 쓰기 전에 거룩한 의식인 양 하동 박경리 문학관을 다녀왔다. 박경리 선생 동상 앞에서 빈손을 합장하듯 내밀고 거룩한 임무를 완수할 수 있게 해달라고 기원했다. 문학의 거대한 산맥 열여섯 산맥을 완주한 후 과업을 달성했다는 안도감에 도취하기 전 탈진했던 순간이 주마등처럼 스친다. 박사학위 수여식 후 다시 하동 박경리 문학관을 다녀왔다. 박경리 선생 동상 앞에서 논문을 바치면서 감사를 드렸다. 문학관을 오가면서 '박경리 선생님께서 지금 살아계셨다면…' 한없이 되뇌었다.

별이 된 소녀!

소녀는 별을 우러르는 일편단심으로 살아왔다. 한시도 별을 내려놓지 않고 낮에도 하늘 더듬으면서 거기 그 자리에 있는 별을 생각했다. 그 별을 따라 오솔길을 선택하여 걸으면서 숲을 지나고 냇물을 건넜다. 천 길 단애의 끝에서 까마득한 절망으로 잠시 주저앉은 적 있었지만 걸음을 멈추지 않았다. 더러는 가시덤불을 헤매면서 가시에 찔려 상처에 선혈이 고였다. 소녀는 고독하거나 고통스러운 순간에도 별을 따라가는 오솔길을 선택한 것을 한순간도 후회하지 않았다.

전율하는 작은 별!

소녀는 간절하게 염원하던 경지에 도착한 후 호흡을 가다듬고 있다. 가을 서리처럼 차갑게 자신을 채찍질하면서 수직으로 쏘아올린 꿈이 궤도에 안착했다. 소녀는 수직의 시선을 넓고 평평하게 바라보려고 애쓰고 있다. 이국의 팔십 대 석학의 궤도를 따라 돌면서 봄날의 바람처럼 따뜻한 향기를 내뿜는 별이 되고 싶다. 책을 끼고 잠드는 시간이 그리움처럼 쌓이면 영롱하게 빛나는 별이 될 수 있을까.

3.
작은 별, 떨고 있다

　봄을 재촉했을까. 비가 그친 뒤 현관을 드나들 때마다 시야에 들어오는 정원의 분위기가 심상치 않다. 겨우내 작은 꽃눈을 달고 있었던 목련의 가지마다 한껏 생수를 들이켜고 생명이 꿈틀대고 있다. 목련의 발치에 수북하게 쌓였던 낙엽을 걷어내니 초록색 수선화 잎이 꼬물꼬물 수선을 떨고 있다. 저만치에서는 붓꽃이 꼿꼿하게 모습을 드러내고 있다.

　겨우내 움츠렸던 봄이 기지개를 켜려던 찰나 꽃샘바람이 풀어 헤친 모습으로 나뭇가지를 휩싸고 대지에 고개를 내민 새싹을 위협한다. 이맘때 한차례 몸살을 앓게 한다. 하얀 눈이 내리는 겨울을 좋아하면서 봄이 오는 길목에 서면 어김없이 전율하곤 한다.

거룩한 의식이리라. 깊은 잠에 취한 나목의 살갗을 찢고 꽃별을 피우기 위한 하늘과 땅의 연합작전이리라.

박사 인희에게!
바로 위의 언니가 서울에서 직장생활을 할 때 고향으로 보내온 편지의 서두였다. 나하고 세 살 터울인 언니의 편지를 받을 때 나는 중학생이었다. 사방이 산으로 둘러싸인 고향은 산골이었다. 스무 채 남짓한 집들은 작은 버섯들이 옹기종기 사이좋게 모여 앉은 모습과 다를 바 없었다. 이웃 마을에 있는 초등학교를 졸업하고 면소재지에 있는 중학교는 걸어서 한 시간이 걸리는 장거리였다.

그 길을 오가면서 봄에는 냇가에서 버들강아지가 통통하게 물오르는 것을 보았다. 산비탈에 진달래와 개나리가 어우러져서 어여쁘게 피어있는 것을 보면서 콧노래를 불렀다. 진분홍 빛깔 자운영꽃을 한 움큼 꺾었던 기억이 있다. 여름 장마철에는 우산을 쓴 것이 무색하게 온몸이 흠뻑 젖은 모습으로 등교하기도 했다. 파란 하늘이 높았던 가을, 무리 지어 핀 코스모스꽃 속에 팔을 베고 누워서 눈물을 글썽이던 소녀 시절이었다. 오동통한 단발머리, 그 시절의 내 사진을 보고 성인 된 자녀들이 짱뚱이를 닮았다고 했다.

교수 인희에게!

언니가 규칙적으로 보내주는 손 편지는 박사 인희에게, 교수 인희에게 하고 반복했다. 마치 음악을 연주하다가 같은 공간을 반복해서 연주하는 도돌이표와 같았다. 그때 언니가 보내주는 편지가 좋았다. 밤하늘 아스라이 빛나는 별과 같이 손에 잡히지 않아 막연했지만 기분 좋은 말이었다.

내가 상업고등학교를 졸업하고 중소기업의 경리로 취직했을 때 언니는 결혼했다. 내가 다니던 직장과 언니의 집이 같은 도시에 있어서 주말에는 언니에게 자주 갔었다. 언니는 우리 육 남매 중 가장 마음이 따뜻하고 착했다. 언니는 교회에 다니면서 아프거나 어려운 아이들을 도와주었던 기억이 있다. 언니가 예쁜 딸을 낳고 금이야 옥이야 애지중지할 때 세상에서 가장 아름다운 어머니의 모습이었다. 아기가 6개월이 되어 엉금엉금 기기 시작했을 무렵 언니는 갑작스럽게 사고로 하늘나라 사람이 되었다.

나의 스무 살 시절은 누구처럼 꽃다운 시절은 아니었다. 가장 친근했던 언니를 가슴에 묻고 어린 조카를 걱정하면서 퉁퉁 부은 눈으로 지낸 날이 많았다. 자애로우셨던 아버지께서 호랑이 같은 모습으로 언니를 잊어야 한다고 하셨을 때 원망스러웠다. 세월이 흐른 후 아버지의 깊은 뜻을 헤아리게 되었다. 언니가 하늘나라로 떠난 후 어머니께서는 돌아가실 때까지 화장하지 않고 지내셨다.

세월이 시나브로 흐르고 소녀는 어른이 되었다. 결혼하고 딸과 아들을 둔 엄마가 되었다. 대처에서 시골로 옮겨와서 평범하게 살게 되었다. 언니가 편지를 보내주었던 기억조차 잊고 지냈다. 두 자녀를 품에 안고 대학교 입학원서를 쓸 때는 대학교만 졸업할 작정이었다. 대학교를 졸업하고 공부방을 운영하면서 학생들 학습지도할 때 나르시시스트가 되었다. 한 단계 높은 꿈을 향하여 까치발로 손을 뻗쳤다. 거기까지였다. 내가 다다를 경지의 한계는 거기가 끝이었다.

무엇이 나를 이끌었을까.
별의 경지를 향하여 여장을 채비하고 당차게 떠날 수 있게 한 위력은 어디에서 왔을까.

별을 향한 여정에 첫발을 내딛기까지 숱한 망설임으로 괴로워했다. 세상이 들이대는 잣대에 온몸이 재단되는 통증이 있었다. 그 순간 절정을 느꼈다. 지천명의 중턱에서 책을 안고 캠퍼스에서 그토록 좋아했던 공부를 할 수 있었던 건 하늘이 준 축복이었으리라. 아침부터 저녁까지 딱딱한 나무 의자에 앉아 수업하는 시간이 마냥 황홀했다. 교수님들과 문학과 문법에 대해 토론하고 이국의 별들과 웃으면서 보냈던 시간이 순식간이었다.

마지막 관문, 거대한 산맥을 정복하는 과정은 자신과의 싸움이었다. 성큼성큼 선걸음으로 다가오는 결정의 시간 앞에서 호흡이 멎을 것만 같았던 시간과 시간. 단 한 번도 후회하지 않았다. 우여곡절 끝에 과제를 매듭짓고 하늘을 향해 엎드렸다. 눈물 속에 스치는 별, 별, 별.

　주말에 30년 지기 친구와 식사했다. 친구는 긴 시간 동안 나 자신에게 휘두른 가혹한 채찍의 힘을 알고 있다고 했다. 문학을 사랑하는 진정한 글쟁이가 바로 나라고 했다. 그리고 참으로 아까운 사람이라고 말하는 친구의 음성이 떨렸다. 나는 고맙다고 했다. 가장 가까이서 지켜본 친구가 하는 말이 축복이 아니겠는가. 나를 인정해 주어서 고맙다고 말하는 내 눈시울이 뜨거워졌다.

　작은 별, 떨고 있다!

4.
가을이 오면

연일 폭염경보 문자가 기습합니다. 언론에서는 폭염 속에 사망자가 속출하는 사건을 보도하면서 '살인적 폭염'이라는 표현을 서슴지 않고 있습니다. 해마다 여름이면 장맛비에 흠뻑 젖고 장마전선이 물러나면 그 자리를 더위가 차지합니다. 태양의 감촉은 불에 덴 것처럼 뜨겁습니다. 태풍에 대한 기상예보를 접하면서 여름이 시나브로 작별을 고하고 있음을 감지합니다.

해마다 여름과 동고동락同苦同樂 하면서 지낸 시간을 추억으로 간직하곤 합니다. 장마철 습기 가득 머금은 후텁지근한 기온을 견디고, 불볕더위 속에서 얼굴 찡그리지 않고 인내할 수 있었던 이유는 그 분량을 견뎌 낸 다음에 가을을 맞이할 수 있기 때문입니다. 장맛비의 피해가 공포였고 폭염의 위력은 가히 살인적이었기에 다가오는 태풍은 순탄하게 지나갔으면 좋겠습니다.

한낮의 태양 아래 울 밑에 핀 봉숭아꽃을 보았습니다. 통통한 줄기를 곧게 세우고 댓잎 같은 길쭉한 잎은 촘촘하게 뻗어있고 그 잎자루 아래 선홍빛 꽃송이를 매달고 있었습니다. 태양의 입김이 얼마나 뜨거웠는지 봉숭아 잎이 축 늘어지고 꽃송이는 시들시들 윤기를 잃고 있었습니다. 그 옆에 뻗어있는 호박넝쿨도 태양에 항복하여 넓적한 잎들이 납작 엎드려 있었습니다.

자연은 저항 없이 순응하고 있다고 느낍니다. 뜨거운 태양 앞에 고개 숙인 꽃들은 별이 빛나는 밤에 다시 생기를 찾아 제 빛깔과 제 향기를 지켜내고 있습니다. 하늘 높이 뻗은 나무들은 더 푸르게 더 싱그럽게 바람 따라 춤을 추고 있습니다. 그 나무 겨드랑이에 매달린 매미는 목청 높여 노래하는 것으로 본분을 다하고 있습니다. 이름 모를 작은 풀들도 태풍이 오면 바짝 엎드려 자신들을 지켜낼 것입니다. 작은 미물조차 환경을 탓하지 않고 더불어 살아가는 지혜를 터득했을 테지요.

만물의 영장이라 추켜세운 우리 인간들이 속수무책束手無策일 때가 많습니다. 사람이 사람답게 사는 일은 보편적 가치를 지키는 것일진대, 억겁의 역사 속에서 온갖 교훈과 문화를 물려받았건만 강한 바람 앞에서 꺾이지 않은 들풀만도 못할 때가 있다고 생각합니다. 작은 꽃 한 송이도 아름다운 빛깔로 피어서 향기를 뿜어내고 있습니다. 동물들도 제 새끼를 위하여 목숨을 아끼지 않습니다. 그러나 작금 매체를 통하여 보도되는 사건들은 우리로 하여금 경악하게 합니다.

기록을 경신하는 장맛비의 강수량과 살인적인 폭염은 사이렌입니다. 인간이 인간답지 못한 작금 자연이 보내는 경고의 시그널입니다. 인면수심人面獸心의 참담함이 초래한 인재人災라 역설합니다. 그림자 아기 사건을 통하여 극에 달한 생명경시 현상을 보고 몸서리칩니다. 스승을 폭행하는 초등학생과 스승을 살해한 사건 앞에 추락하는 국가백년대계國家百年大計는 차마 눈 뜨고 볼 수 없습니다. 전 국민을 공포에 떨게 하는 묻지 마 살인의 인과因果는 어디에서 찾아야 합니까.

지자체의 요청으로 학교와 센터에서 아동권리에 대해 강의하고 있습니다. 인간이라면 누구나 태어날 때부터 가지고 있는 기본적인 권리를 인권이라고 합니다. 인간이 인간답게 살기 위해서 지켜져야 하는 권리가 있습니다. 유엔아동권리협약은 1989년에 유엔에서 18세 미만 아동들이 인간답게 살 수 있도록 아동의 권리를 지켜주고 보호하기 위해 54가지의 권리 내용을 명시한 협약입니다. 기본권으로 생존권(생활권), 보호권, 발달권, 참여권이 있으며 아동권리를 지켜주기 위하여 지켜야 할 원칙으로 비차별, 아동최상 이익, 생존 생명 발달, 의견존중이 있습니다. 강의 시간에 아동에게도 마땅히 행해야 할 의무와 임무인 책임이 있다는 것을 강조합니다. 그리고 사람이 사람답게 살기 위하여 지켜야 하는 보편적인 가치에 대해서 역설합니다. 아동들의 마음에 올바른 가치관의 씨앗을 심는 마음으로 정성을 다하고자 노력합니다.

중학교 시절 국어선생님의 수불석권手不釋卷하라는 한마디 말씀을 운명처럼 간직하고 지내고 있습니다. 필자 또한 누군가에게 별이 되고 싶은 꿈을 꾸면서 지내고 있습니다. 단체에서 만나는 어른들께는 순결한 샛별과 같은 존재가 되고 싶습니다. 후배들에게 착하고 따뜻한 길을 안내하는 선배가 되고 싶습니다. 학생들에게는 국어선생님처럼 일생을 좌우할 수 있는 지침을 주고 싶습니다. 하여 강의 시간에 만나는 초롱초롱 빛나는 눈을 가진 어린이들을 대할 때마다 옷깃을 여미고 순결한 마음으로 다가갑니다.

어제도 혼신을 다하여 강의를 마치고 작별 인사를 하고 밖으로 나왔습니다. 작은 여자아이가 손을 꼭 잡습니다. "선생님, 참 예뻐요. 오늘 선생님하고 공부한 것이 재미있어요. 다음에도 또 선생님하고 공부하고 싶어요."라고 또박또박 말합니다. 나는 "어머, 선생님하고 공부한 것이 재미있다고 하니 좋구나. 그래, 다음에도 만나서 공부하자. 우리 다시 만날 때까지 건강하고 예쁘게 지내기로 약속하자."하고 말하고 작별했습니다.

지금도 잊을 수 없습니다. 내 손안에 들어왔던 작은 손의 감촉을. 그 보드라운 작은 손이 꼼지락거리면서 하던 말이 뇌리에서 떠나지 않고 있습니다. 내게 그 꼬마 아이가 별이었습니다. 나도 모르게 사람과 사람 사이, 별과 별 사이, 하늘과 나 사이에 희뿌옇게 드리운 간격이 있었다는 것을 깨달았습니다. 작은 별과의 만남은 희뿌옇게 드리운 것을 제거하고 맑고 투명하게 하였습니다.

가을이 오면 삼라만상 모든 것들이 성숙할 것입니다. 여름의 고난을 이겨낸 만큼 당당한 결실을 자랑스럽게 내보일 것입니다. 가을이 오면 밤하늘 별빛은 더욱 찬연하게 빛날 것입니다. 별들에게도 여름은 연단의 시간이었을 것이라고 생각합니다. 가을이 오면 모든 사람이 웃음꽃 피우며 행복하게 사는 세상이 되었으면 좋겠습니다.

가을이 오면 나도 거기 그 자리에 성큼 다가갔으면 좋겠습니다. 가을이 오면….

5.
나에게 쓰는 편지

태양의 입김이 대장간의 풀무질처럼 대지를 뜨겁게 담금질하는 계절이다. 호흡이 멎을 것만 같은 열기는 아스팔트 위에 아지랑이를 피어오르게 하고 내 이마에 영롱한 이슬, 땀방울을 맺게 한다. 잠시라도 움직이면 온몸이 땀으로 흥건해진다. 장마전선이 멀찍이 물러나면서 불볕더위가 올 것이라고 단단히 벼르고 있었건만 속수무책이다. 유독 더위에게 약점이 많다는 것을 들켰으니 오롯이 감내할 수밖에 별 뾰족한 묘안이 없다.

이따금 유년 시절의 여름 단상에 사로잡힌다. 이맘때였으리라. 아침에 잠을 깨우는 건 어머니의 목소리가 아니었다. 순백의 창호지문을 물들이는 태양의 입맞춤이었다. 작은 손톱에 스며든 봉숭아물처럼 태양은 창호지문을 빨갛게 물들이고 있었다. 온 가족의 아침식사 장소인 마루를 태양에게 점령당한 여름에는 마당에 펼친 밀짚멍석이 식사장소가 된다. 황토마당에 지붕의 그림자에 앉아 아침식사를 하던 그때. 밀짚으로 만든 멍석은 꺼끌꺼끌해서 엉덩이가 아팠던 기억이 생생하다. 보리밥 한 공기에 열무김치와 감자찌개가 전부였던 달콤한 어머니의 밥상이었다.

밤에는 약속한 적이 없건만 궤도를 따라 밤하늘에 출석하는 별처럼 마을 사람들이 넓은 마당에 모였다. 어머니와 아주머니들은 길쌈을 하고 조무래기들은 까르르 웃으면서 뛰어다녔다. 마당 한가운데 매캐한 모깃불이 연기를 뿜어내고 아이들의 소란스러운 소리에 이 집 저 집에서 개 짖는 소리가 요란했다. 계집아이들은 봉숭아꽃을 따서 넓적한 돌에 올려놓고 둥근돌로 빻아서 손톱에 올렸다. 그 손가락을 명주실로 친친 동여매면서 '첫눈이 올 때까지 봉숭아 꽃물이 남아있으면 첫사랑이 이루어진다.'라는 아름다운 말을 신앙처럼 믿었던 유년시절의 단상이 섬광처럼 빛난다. 내 유년시절의 무지갯빛이 아스라이 멀어지고 있다.

나는 어디까지 왔을까.
예까지 오는 동안 몇 개의 능선을 넘었을까. 그 능선의 높낮이는 얼마였던가. 내 삶의 노선에서 절반을 훌쩍 지났으리라. 지천명의 능선 중간쯤에 이르러 두 다리 쭉 뻗고 숨 고르기를 한다. 어제도 숨 돌릴 틈 없이 지냈다. 오전에 이곳에서 강의하고 오후에 저곳에서 강의한 후 저녁 시간에는 문학회 행사에 참석했다. 전국적인 규모의 행사에 시낭송을 해달라는 부탁을 수락하고 무대 의상을 챙겨서 행사장으로 갔다. 문학특강 시간에 잔잔한 음성으로 깊은 울림을 주는 강의에 감동했다. 그 힘이 무엇인가. 나는 곱씹으면서 마음에 새겼다.

 늘 그랬다. 어제도 온종일 동분서주하고는 늦은 밤 홀로 괴로워했다. 나는 성취한 후 왜 그렇게 깊은 늪으로 빠져드는지 이유를 알지 못하고 있다. 온몸이 땀으로 축축하게 젖도록 달려 다녔건만 가슴에 구멍이 난 것처럼 찬바람이 일었다. 그건 회한이 아니요, 만족 또한 아니었다. 가을 들녘에 서서 할 일을 마친 허수아비가 휑뎅그렁한 들판을 보면서 무슨 생각을 할까. 나는 동병상련 심정으로 상념에 사로잡히곤 한다.

 주마가편하는 심정으로 옷깃을 여민다. 사람과 사람 사이 봄바람처럼 따뜻하게 대하고 자신에 대하여 가을 서리처럼 엄격하게 지내리라(對人春風, 持己秋霜). 내 마음에 새긴 문장이다. 작가로서 착한 말을 하고 따뜻한 글을 쓰겠다는 다짐은 철옹성으로 지켜 내리라. 어쩌다 매너리즘이 유혹할 때 흔들리지 않기 위해서 고삐를 바투 쥐듯 정신을 바짝 차린다. 나를 쓰러뜨리려는 폭풍이 휘몰아칠 때 지탱해 주는 확고한 명분이다.

일편단심은 생명처럼 뜨겁다. 우여곡절의 소용돌이 속에서도 잃지 않고 꿋꿋하게 지켜온 문학은 생명과 다름없다. 북극성을 향하여 궤도를 묶어두고 벗어날 수 없는 운명에 전부를 걸었다. 바위틈 작은 꽃이 몸부림칠 때 흩어지는 향기를 한 편의 시로 묶어둘 작정이다. 살며 사랑하는 사연을 한 편의 수필로 그려낼 참이다. 유년시절부터 동경했던 문학이라는 별을 가슴에 품고 따뜻하게 지켜온 것이 얼마나 다행인가. 언제나 변함없이 거기 그 자리를 지키는 북극성에 나의 궤도를 묶어 둔 것은 얼마나 탁월한 선택인지 나르시시즘의 미소를 짓는다.

그 경지에 이르는 일은 순결하다. 저만치 높은 위치에 목표지점을 정하고 깃발을 꽂았다. 아직 가지 않은 순백의 설원은 나의 시원이다. 그 지점에 다다르는 순간, 나는 목 놓아 우는 작은 사슴이 되리라. 기나긴 여정에서 참담한 바람의 채찍을 맞으면서도 착하고 따뜻한 미소를 잃지 않았던 건 축복이었다. 내가 이루었다 하지 않으리라.

사랑의 힘은 위대하다. 내게 일체 비결이 있다면 사랑이다. 사람과 사람 사이 그리고 별과 별 사이 사랑을 흩뿌리면서 살고자 한다. 문학의 끈을 놓지 않고 오늘까지 올 수 있었던 이유는 사랑이다. 책을 사랑하고 작가를 사랑하고 주인공을 사랑하는 열정이 지나치리만치 뜨거웠다. 아스팔트 틈을 비집고 피운 꽃을 어찌

별을 찾아서

사랑치 않으랴. 나무의 어깨에 앉아 노래하는 새를 사랑한다. 그 사랑의 위력이 내 연약한 무릎을 지탱해 주었고 스러지는 시심을 견고하게 했다고 자부한다. 나의 믿음과 나의 소망도 사랑 안에 담아둔다.

지금까지 잘 지내왔다. 여기까지 오는 동안 좌로 우로 치우치지 않고 반듯하게 걸어왔다. 삼라만상 모든 것을 귀하게 여겼다. 나의 언행심사가 곧 나의 인격이다! 그 말을 지켜내기 위해서 전율했다. 날마다 살얼음판을 걷듯 조마조마했다. 그 떨리는 마음이 기초석이 되었을 것이다. 그 위에 벽돌을 쌓기 시작했다. 참으로 감사한 일이다. 여기까지 왔으니 갈 데까지 가보리라 다짐한다.

6.
나는 누구인가

연일 장맛비가 내리고 있다. 마치 물을 함지박으로 퍼붓듯이 쏟아지고 있다. 가까운 곳에 잠시라도 다녀오면 빗줄기가 우산을 뚫고 어깨를 적시고 손등을 적신다. 장맛비가 내 발을 집안에 꽁꽁 묶어두었다. 장맛비가 아니더라도 두문불출하는 신세가 되었지만. 나는 스스로 고치 안에 갇힌 번데기가 되었다고 여기고 있다.

환경으로 인하여 한시적으로 프리랜서를 선언하였다. 당초 시간을 알차게 보내고자 다짐하고 큰 산을 등반할 채비를 단단히 하였다. 모든 유혹과 번뇌를 꾹 누르고 책상에 앉아 책과 씨름하기 시작했다. 수시로 비집고 들어오는 상념들이 얽히고설키어 거대한 실타래가 되었고 오롯이 스스로 해결해야 할 거대한 과제로 확대되었다. 스스로 뿜어내는 의문들은 씨실과 날실로 직조되어 순백의 고치가 되었고 그 속에 갇혀 옴짝달싹 못 하게 되었다.

　나는 누구인가. 나는 무엇을. 왜 하는가.

　끝없는 미로 속에 갇혀 해결의 실마리를 찾으려고 전전긍긍하고 있다. 매듭을 풀 수 있는 실마리를 찾으려고 이리저리 뒤적이다가 자조의 늪에 빠진다. 고대의 알렉산더대왕은 고르디우스의 매듭을 단칼에 잘라버리고 아시아를 제패하였다지? 알렉산더대왕은 고르디우스의 매듭을 풀어야 할 것인지, 끊어야 할 것인지 고심 끝에 과감하게 칼을 들었을 것이다. 고작 내 앞에 놓은 실타래를 고르디우스 매듭을 운운하면서 알렉산더대왕을 떠올리는 것은 거대한 망상이 아닌가. 대왕은 아시아를 제패하였지만 나는 기껏해야 한 치 앞도 내다보지 못하고 있지 않는가.

　군중 속의 고독이라고 했던가. 할 일이 산더미를 이루고 있는데 나 홀로 고독하다. 언젠가 TV를 통해 이어령 선생의 서재를 본 적이 있다. 이어령 선생께서 직접 당신의 서재에서 책상을 가리키면서 흥분했다. 컴퓨터가 여러 개 놓여있는 아주 긴 책상이었다. 그 책상에서 일을 할 때 선생께서는 기사였으며 책상은 말이었다고 했다. 책상에 있는 여러 개의 컴퓨터로 일을 할 때 말이 된 책상을 타고 달리는 선생을 가늠할 수 있었다. 그 순간에 반짝이는 눈방울로 선생을 동경했던 나였다. 그때 나는 마음속으로 이어령 선생처럼 말달리고 싶다고 독백했었다.

말하는 대로 되었을까. 날마다 일에 치여 지내고 있다. B문학회의 행사를 위해 계획하고 진행하고 정산하여 보고하는 과정이 순탄하지 않았다. 지역 행사에 동참하여 매년 시화전을 하고 있다. 회원들의 작품을 정리하여 제작사에 보내고 완성된 작품을 게시하고 개전식 행사를 진행하였다. C문학회의 행사는 거대하다. 기백명의 회원을 아우르고 공문을 작성하여 기관과 단체에 보고하는 절차 또한 만만치 않다. 순차적으로 일을 하나씩 매듭짓고 심호흡할 겨를도 없이 또 다른 일이 기다리고 있다. 산 넘어 산, 첩첩산중이라는 말을 절실하게 체득하고 있다. D문학회의 소임을 소홀히 할 수 없다. 혼신을 다하여 편집에 몰두하는 중 H문학회에서 다음 호 문학지 발간을 준비하라는 하명을 받았다.

서재의 책상에 앉아 노트북을 열어 큰 산을 넘기 위하여 고군분투하는 날들이다. 책 받침대 위에 책이 펼쳐져 있고 노트북 화면에는 메모하는 파일이 열려 있다. 독서하면서 어휘를 찾아 권수와 페이지를 메모하고 있다. 내가 가장 골몰해야 하는 일이다. 그러나 수시로 울리는 휴대전화는 B, C, D, H의 업무를 지시하고 있다. 내 책상에서 노트북으로 업무를 처리하다가 다른 업무를 처리해야 하는 긴급 상황에는 거실에 있는 컴퓨터로 달려가서 즉

별을 찾아서

각 응대하여 처리한다.

　참으로 웃지 못할 일이다. 산더미 같은 업무에 시달리면서 희열을 느끼고 있다. 어쩌다가 식사조차 잊고 일에 매달리기 일쑤다. 입안에 가득 쓴 침이 고이는 일이 부지기수다. 수시로 강의를 위해 자료를 찾아보고 PPT를 점검하는 일도 중요한 과제다. 그런 중에는 이름 모를 꽃이 활짝 웃더라도 외면할 때가 많다. 너무 바쁘게 움직이느라 발이 삐끗하여 넘어질 듯 휘청거릴 때도 여러 번이었다. 밤마다 하늘을 더듬어 별을 찾던 로망이 아득하기만 하다.

　책상을 쳇바퀴 삼아 뱅글뱅글 돌리고 있는 작은 다람쥐가 흡사 내가 아닌가. 오죽하면 B업무를 하다가 멈추고 C업무를 하는 것이 휴식이라고 여길까. D업무를 하다가 H업무로 옮겨가는 찰나가 달콤한 쉼이라고 자위하고 있다. 가사를 돌보는 시간은 유희와 다름없다. 식사 준비하고 설거지하는 일. 빨래를 세탁하고 옥상에 있는 건조대에 세탁물을 너는 일은 유유자적이 따로 없다.

　그리운 그 시절이 다시 오려나. 시제를 찾아 길섶에 앉아있는 작은 들꽃을 어루만지던 때. 저녁 하늘에 흩뿌리는 태양의 편린이 어둠 속에 스러지고 영롱한 별빛을 하나둘 시야에 묶어두던 그날. 인터넷 서점을 열어서 베스트셀러를 검색하고 중고서점을 기웃거리면서 한량처럼 지내던 지난날. 서울에 당도한 프랑스의 화가를 만나러 가던 여름과 겨울이 그립다.

어쩌면 내일은 오늘보다 더 바쁘게 지낼지도 모르겠다. 25년을 한 작품에 전념했던 여류작가를 동경하고 있다. 나는 문학의 능선을 따라 수십 년을 걸어왔으나 작가처럼 작품에 매달리지 못하고 문학의 언저리를 맴돌면서 오랜 시간을 지냈다. 가까스로 문학의 하늘을 향하여 공을 하나 쏘아 올렸다.

날마다 독자의 소감을 전달받으면서 전율하고 있다. 처음 공을 쏘아 올렸을 때는 쥐구멍을 찾아 움츠리고 있으려니 각오했었다. 그러나 무엇이 그토록 배짱을 두둑하게 하였을까. 때로는 나르시시즘에 사로잡혀 파르르 전율하고 더러는 나르시시스트가 되어 하늘을 날고 있으니 말이다.

고치 안에 갇혀 꼬물꼬물 꿈을 꾸는 번데기. 오늘이 가고 내일이 가고 때가 되면 어떤 모습으로 환골탈태換骨奪胎할까.

7.
꽃은 떨어지고

This, too, shall pass away!

요즘 기도문을 읊조리듯 무시로 내뱉는 말이다. 이 또한 지나가
리라. 얼마만큼이라고 정해진 시간이 흘러야 한다면 그 시간만큼
뭉텅 잘라버리고 싶다. 마음의 상처가 이토록 깊을 줄이야!

벚꽃이 흐드러지게 피었을 때 조금도 기쁘지 않았다. 출근길에
자동차를 운전하여 지나치면서 가녀린 가지 끝에 선홍빛 핏방울
을 달고 있는 꽃봉오리가 통통하게 부풀고 있다는 것을 알았다.
예전에는 그 생명의 탄생을 지켜보고 전율하며 몸살을 앓았을 그
녀였다. 그 언저리에 작은 바람이 스치기라도 할라치면 진저리
치면서 눈을 감아버렸을 것이다. 차마 눈뜨고 새 생명의 탄생을

볼 수 없었으리라. 그 꽃잎이 하나씩 개화할 때마다 별이 뜨는 것이라고 억지를 부리면서 낮이나 밤이나 헤실헤실 웃고 있었을 그녀였다.

그 꽃이 일제히 절정을 이루고 어느 날 미풍에 하롱하롱 떨어지는 모습을 보면서도 그녀의 마음은 굳은 바위 같았다. 흰 눈이 내리는 양 하얗게 낙화하는 모습이 눈이 부셔 외면하였을 뿐 눈물이 나지 않았다. 길섶에 노란 민들레가 군락을 이루어 피었다가 하얗게 머리를 풀어헤치고 있는 모습도 무덤덤하게 스치고 말았다. 그 옆에 앉아 휴대전화를 열어 사진을 찍고 꽃잎의 속살을 어루만지면서 무언의 대화를 나누었던 그녀가 아니었던가. 무엇이 그녀 마음의 빗장을 굳게 걸었을까. 그녀는 치유의 방법을 찾아 방황하고 있었다.

유일한 탈출구는 일이었다. 그녀는 일속으로 자신을 떠밀고 있다. 대학원 과제에 매달리면서 휴식을 누리고 있다. 사무실 책상에 쌓여있는 업무는 스트레스가 아니라 그녀를 자유롭게 한다고 믿고 있다. 그녀는 가사에 매달리면서 미간을 찌푸리는 대신 옴짝달싹 못 하게 묶었던 오랏줄에서 풀려나는 홀가분한 기분을 만끽하는 것이다. 늦은 시간에 노트북을 켜고 일을 만들어서 하고 있다. 그녀는 생각이 비집고 들어오는 통로를 차단하고 자신의 내면을 파내고 일로 채우고 있는 것이다. 마치 살아있는 무엇을 파내고 텅 빈 공간에 지푸라기를 채우고 있는 듯 서글프다. 이렇게 시간이 흐르고 나면 그녀의 실체는 간곳없이 사라지고 허깨비만 남는 것은 아닌지 두려워진다. 그녀 스스로 박제되어 가고 있다고 생각한다.

　사람과 사람 사이 착하게 살고 따뜻하게 지내겠다고 고백했던 일이 허사가 되었다. 그녀가 살얼음판을 걷듯이 살핀 언행심사와 상관없이 휘몰아친 폭풍우에 쓰러지고 말았다. 순백의 하얀 드레스에 끼얹은 흙탕물을 뒤집어쓰고 어쩔 줄을 몰라 당황하면서 눈을 감아버렸다. 그녀는 하늘을 볼 수 없을 만큼 절망에 갇혀있었다. 한 편의 글을 쓰다가 원고지를 찢어버리듯 노트북을 덮어버리는 일이 부지기수였다. 바쁜 일 속에서 잠시 먼 하늘을 응시하다가 고개를 흔들면서 현실로 돌아오곤 했다. 사람들이 박장대소할 때 한없이 우울하다가 슬픈 뉴스를 들으면서 웃음을 터뜨리는 그녀였다.

　악몽이었다. 그토록 참담한 일이 현실일 리 없다. 지금까지 살아온 삶의 여정에서 무슨 잘못을 했던가. 누군가에게 상처를 준 적 있었던가. 그녀가 기억하지 못하는 것일까. 시간을 되돌려 과거를 더듬으면서 그녀가 기억하지 못하거나 알지 못하는 잘못이 있었다면 그것조차도 용서를 구하고 싶었다. 그녀가 눈물을 참지 못하고 웃음을 감추지 못해 누군가 슬퍼할 때 웃었을까. 누군가 기쁨의 순간을 눈물로 덮어버렸을까. 샅샅이 찾아 용서를 구하고 잘못을 사과하면 악몽에서 깨어날 수 있을까.

그녀는 실낱같은 끈을 혼신을 다하여 붙들고 있다. 상한 갈대를 꺾지 아니하고 꺼져가는 심지를 끄지 아니하는 사랑을 간구하고 있다. 다시 일어설 수 있는 힘을 달라고 애원하고 있다. 그녀의 슬픔이 기쁨으로 승화할 수 있는 은혜를 구하고 있다. 흰 눈보다 더 순결한 마음으로 하늘을 우러러 별을 볼 수 있는 그날을 기다리고 있다.

몸서리칠 일이다. 큰 산을 넘고자 16권의 대하소설 『토지土地』를 다시 정독하고 있다. 악은 악 스스로 멸망한다는 것을 알았다. 비록 악이 기세등등하게 선을 짓밟도록 잠시 허용하지만 그 악을 몇 배로 처참하게 고꾸라뜨리면서 일말의 측은지심조차 가질 수 없게 하는 작가의 필력에 감탄하면서 위로를 받았다. 악한 자가 내뱉은 악한 언어는 스스로 판 구덩이가 되고 종국에는 악한 자가 빠져서 헤어나지 못하고 매장되는 것이었다. 누군가에게 무심코 던진 말이 선한 것이었다면 달콤한 열매를 맺고 악한 것이었다면 흉측한 열매를 맺는 것이다. 하물며 지울 수 없는 문자로 뱉은 참담한 악의 열매를 더 말해 무엇 하리.

그녀는 성인이 된 자녀들에게 '너희들이 무심코 하는 언어는 날개를 달고 있다. 너희들 입을 떠나면 날아가서 누군가의 가슴 위에 앉고 더러는 꽃잎 위에 앉을 것이다. 밤하늘 별에게 도달할지도 모른다. 사람에게 전달할 때 수없이 곱씹어 삼가면서 전달해야 한다. 어쩌다 화가 나고 불만이 있을 때는 눈을 감고 참아라. 참는 순간에 바보가 되는 것 같아 견딜 수 없더라도 다시 인내해야 한다. 언어는 인격이다. 너희들의 언어가 너희들의 품격을 드러낸다.'라고 전해주었다.

그녀는 넘어졌으나 일어서서 툭툭 털고 가던 길을 멈추지 않을 것이다. 그녀는 절망의 순간을 터널을 통과하는 과정이라고 치부하기로 한다. 목적지를 향하여 가는 여정에서 터널을 만나면 자동차의 등을 켜고 어둠속으로 들어갔다가 다시 밝은 곳으로 나오는 것처럼 통과하면 되는 것이라고 자위한다. 그녀가 넘어질 때 목격한 사람들 앞에 부끄러워 고개를 들 수 없지만 그녀가 변함없는 순수한 마음으로 별을 노래하고 따뜻하고 착한 글을 쓰면서 극복한다면 이해해 주리라 믿는다.

그녀는 마음을 활짝 열어 환기를 시키고 먼지를 닦아낸다. 그녀의 하늘에 뜬 별은 더 영롱하게 빛날 것이다. 꽃이 떨어진 자리마다 선홍빛 열매가 열릴 것이다. 두툼한 태양 빛이 여름을 초대하고 선홍빛 열매는 검붉게 익어가리라.

8.
별에게 가는 길

하얀 눈을 품은 계절의 깊은 골짜기에 다다릅니다. 그 계절에 눈이 내리는 것이 특별할 것도 아닐 터인데 환호성을 지르면서 현관문 여닫기를 수없이 반복합니다. 캄캄한 밤에 내리는 눈을 보기 위하여 시선을 멀리 가로등을 향하여 고정합니다. 가로등 불빛도 추위에 떨고 있는 한밤중에 보랏빛 실루엣으로 내리는 눈을 가늠할 수 있습니다.

마당에 서서 두 팔을 벌리고 빙그르르 돌았더니 오른쪽 뺨에 차가운 감촉이 느껴집니다. 목덜미에 앉은 눈송이를 느낍니다. 팔목에 머무르는 찰나의 몸짓을 느낍니다. 눈은 그렇게 잠을 이루지 못할 만큼 설레게 합니다. 예나 지금이나.

별나라에도 눈이 내리는지 궁금합니다. 열다섯 살 소녀가 한 권의 시집을 품에 안고 동시에 만난 시인은 별이었습니다. 시인은 소녀가 문학을 알기 전에 성큼 다가왔습니다. 소녀는 시가 무엇인지 모르고 시집을 읽었습니다. 소녀가 시집 속에서 '별'을 찾았을 때 가을밤 소녀의 마당에 하늘의 별이 일제히 쏟아졌습니다. 시인은 그렇게 소녀의 영혼에 각인된 별이 되었습니다.

소녀가 성장하여 꽃다운 시절을 지내는 동안에 한시도 별을 잊지 않았습니다. 별을 만난 것처럼 책을 통하여 수많은 사람을 만났습니다. 문학의 블랙홀 속으로 깊이 빨려 들어갈 때도 그 별 하나 간직하고 있었습니다. 문학의 궤도를 돌고 돌아 시인이라는 관을 쓰던 날부터 별이 되고 싶은 꿈을 꾸었습니다. 작은 빛일지라도 순수하고 따뜻하게 빛나는 별이 되고 싶었습니다.

아마도 별이 되고 싶은 간절한 마음이 숙맥처럼 살게 하는지도 모르겠습니다. 사람과 사람 사이 대차대조를 하지 못합니다. 손익을 계산하지 못하고 살고 있습니다. 참담한 언어가 준 상흔이 깊으나 침묵하고 지냅니다. 시인은 단어 하나에도 전율할 수 있는 영혼을 소유한 사람이라고 여깁니다. 참혹한 언어를 서슴지 않는 사람은 결코 시인이 될 수 없다고 고백합니다. 별의 위치에 다다를 수 있는 사람만이 시를 써야 하고 시인이라는 거룩한 이름을 가져야 한다는 믿음은 더욱 견고해집니다.

어쩌면 그 별을 찾아 나선 길이었을지도 모릅니다. 세파에 휩쓸리지 않으려고 안간힘을 쓰면서 몸부림친 날들과 세상의 이익을 멀찌감치 밀어내려고 입술 깨물던 순간들은 스스로 채찍질하던 가혹한 시간이었습니다. 별을 볼 수 있는 시간과 공간을 얻을 수만 있다면 수단과 방법을 총동원하여 맞바꾸었습니다. 애써 오솔길로 자신의 등을 떠미는 다짐들은 별을 향하여 길을 나선 선택이었을 것입니다.

킬리만자로의 표범을 알고 있습니다. 짐승의 썩은 고기를 찾아다니는 하이에나와 달리 얼어 죽을지언정 산정 높이 올라가는 눈덮인 킬리만자로의 표범을 수시로 생각합니다. 더러는 킬리만자로의 표범 같은 사람들이 있다는 것을 압니다. 역사 속에서 그들을 만났습니다. 지금 그런 사람들이 있듯이 미래에도 그런 사람들이 있을 것입니다. 킬리만자로의 눈 덮인 산정에 오른 표범의 경지에 다다르고 싶습니다. 그곳이 별들이 빛나는 성지가 아니겠습니까.

지금까지 흔들리지 않고 반듯하게 걸어왔다고 자신합니다. 한점의 흠과 티 없이 순수한 열정으로 호흡하면서 왔습니다. 이만치 왔어도 별에게 가는 길이 아스라이 멀기만 합니다. 별을 찾아 떠나는 여정에 팔을 걷어 올립니다.

별을 찾기 위해 주어진 시간 내내 멈추지 않을 것입니다. 별이 머물렀던 공간을 샅샅이 헤맬 것입니다. 별이 머물렀던 시간을 타임머신 타고 달려갈 것입니다. 별의 여정을 쫓아 북간도에서 후쿠오카까지 시공간을 함께할 것입니다. 별의 유소년기를 더듬고 청년기를 찾을 것입니다. 나약한 내가 기울어 가는 조국의 지축을 온몸으로 떠받치던 시인의 절규를 감당할 수 있을지 두렵습니다.

나의 문학의 여정은 별에서 출발하여 별에 귀착하는 운명의 궤도인가 합니다. 문학의 하늘에 그 별 하나 띄우고 그 별에 연을 묶고 따라 돌면서 별이 되도록 하늘이 미리 정해준 노선이라고 믿습니다. 그 별을 찾아 나서겠다고 작정하니 그 운명이 더 깊게 다가옵니다.

여행을 마치고 돌아오는 날에 말하겠습니다. 그 별의 빛이 얼마나 아름다웠는지 말하겠습니다. 그 별이 얼마나 순수한 향기를 간직했었는지 말하겠습니다. 꼭 그리할 터이니 지켜봐 주십시오.

자신만만합니다. 그 별이 잎새에 이는 바람에도 괴로워했듯 하늘을 우러러 한 점 부끄럼 없이 살렵니다. 한 줄 시구에 혼신을 녹여 인격을 담으렵니다. 품위를 잃지 않는 글을 쓰겠노라 약속하겠습니다. 하늘과 땅 사이 별처럼 빛나는 시를 쓰겠습니다. 사람과 사람 사이 향기로운 시를 쓰겠습니다.

별을 찾아 떠나는 여행의 목전에서 감사합니다. 별을 만날 설렘으로 일 년 내내 행복할 자신이 있습니다. 별의 고통과 슬픔 앞에서도 울지 않을 것입니다. 별이여!

9.
별을 사랑한 소녀

소녀에게 일과를 마치고 동산에 오르는 일은 거룩한 의식이다. 화가가 검은색 캔버스에 하나씩 샛노란 별을 그리듯 밤하늘은 숨겨두었던 별을 하나씩 꺼내놓고 있었다. 소녀는 두 손을 모으고 소리 없이 탄성을 지른다. 별을 대하는 순간은 가장 순결하고 착한 소녀가 된다. 햇볕이 눈을 뜨지 못하리만치 강한 낮에도 틈만 나면 하늘을 우러른다. 거기 그 자리에 소녀의 별이 있다고 여기고 활짝 웃는다. 누군가 소녀 홀로 하늘을 우러르고 혜실 미소를 짓는 모습을 본다면 뭐라 말할까.

소녀는 꽁꽁 언 대지를 헤집고 연두색 새싹이 돋고 노란 민들레꽃이 피는 것이 별의 힘이라고 믿는다. 벚꽃이 불꽃처럼 폭발하는 모습과 소쩍새의 구슬픈 노랫소리도 별이 가져온 것이라고 믿는다. 하여 꽃들이 하염없이 낙화하는 모습도 의연하게 바라볼 수 있었다.

뜨거운 태양 아래 진흙탕에서 합장하는 연꽃의 탄생은 누구의 능력인가. 연지의 둘레 버드나무 가지마다 매달려 자지러지게 노래하던 매미는 누가 불러들였는가. 호흡이 멎을 듯이 뜨거운 여름 한낮에 송골송골 맺힌 땀방울을 손등으로 닦으면서 찡그리지 않는 이유였다. 매미의 노랫소리가 귀에 따갑게 다가올 때 칠년 동안 어둠 속에서 비상을 꿈꾸었다는 사연을 들려준 것도 별이었다.

찬서리 다녀간 가을날 별 모양의 단풍잎이 소녀의 발에 떨어졌을 때 소녀는 별이 내려왔다고 생각했다. 사람들은 낙엽이라고 부르지만 소녀의 눈에는 세월을 유영하고 찬란하게 떨어지는 별 똥별이었다. 가을의 모퉁이에 힘겹게 피어난 가을 민들레를 보았는가. 모두 떠난 자리에 오롯이 그리움을 안고 뒤늦게 피어난 모습을 보고 전율하는 소녀가 있다.

소녀는 고단한 여정을 걸어왔다. 철없던 시절에 하고 싶은 공부는 하늘만큼 땅만큼 간절했다. 공부와 일의 순서를 바꾼 것은 소녀만의 운명이었을까. 봄에 피었어야 할 민들레가 가을의 모퉁이에 피어난 것처럼 소녀는 뒤늦은 나이에 공부하느라 끙끙하고 있다. 그래도 마냥 행복하니 소녀 앞에서는 할 말을 잃는다.

소녀는 남을 배려하느라 전전긍긍했었다. 소녀의 미소와 눈물조차 누군가의 슬픔을 덮어버리고 기쁨의 불꽃을 작게 만들까 봐 조바심했었다. 단체에서 소녀에게 일을 위임했을 때 단체를 위해 최선을 다하여 행사를 마친다. 소녀의 몸부림은 행사를 빛낼 수 있기를 바랐다. 그게 전부였다.

하늘은 스스로 돕는 자를 돕는다! 빛나는 진리다. 소녀가 무엇을 바라고 한 것은 아니었는데 일제히 초점이 소녀에게 향했다. 소녀는 스포트라이트를 받고 엎드렸다. 소녀가 꿈의 언저리를 배회하면서 가없는 발돋움의 결과였음에도 불구하고 살피고 삼가면서 주변을 헤아렸다.

소녀는 바람의 심술에 시달리고 채찍이 휘두른 상흔을 안고 침묵했다. 견딜 수 없이 힘들고 통증으로 신음하면서 인내했다. 하늘이 착한 사람은 반드시 복을 준다는 진리를 믿고 기다렸다. 시간이 시나브로 흐르면서 변하는 것은 아무것도 없었다. 바람은 잦아들지 않았다. 하늘은 소녀의 기도에 침묵했다. 그렇게 아픈 시간을 지나면서 소녀 스스로 성숙하고 있었다.

사람과 사람 사이 꽃처럼 아름답고 별처럼 향기로운 사람들만 있는 건 아니라는 것을 배웠다. 두 개의 얼굴로 부끄러움조차 모르고 뻔뻔하게 사는 사람도 더러 있다는 것도 알게 되었다. 소녀는 악이 만천하에 드러나고 선이 당당하게 빛날 수 있으리라 믿었다. 그 모든 것이 소녀의 달콤한 꿈이었다는 것을 다시 깨닫는다. 어른들은 하나같이 그랬다. 악한 사람을 보고 그럴 수도 있다고 했다. 소녀 혼자서 상처를 떠안고 지내면서 자신이 바보인가 갸우뚱하고 있다.

소녀는 굳게 다짐을 한다. 세상이 기울어지고 사람들의 생각이 비스듬히 누워도 소녀는 꿋꿋하게 살겠노라 결심했다. 아귀다툼 같은 사람들 속에서 멀어지기 위하여 걸음을 재촉한다. 소녀는 하늘이 무너지는 순간이 오더라도 부끄럽지 않은 삶을 살겠노라 입술을 지그시 깨문다.

별을 사랑한 소녀!
수필집 원고를 최종 검토한 별이 지어준 이름이다. '순수한 글 속에서 별을 사랑한 소녀'를 찾았다고 하시며 감당치 못할 칭찬으로 날개를 달아주셨다. 그 사랑과 은혜 갚을 일이 태산이다. 소녀가 세상의 조류에 휩쓸리지 않아야 할 명분이다. 소녀의 빛깔과 소녀의 향기로 시를 쓰고 수필을 써야 하는 이유다.

소녀는 괜찮다. 이것도 괜찮고 저것도 견딜만하고 그것도 참을 수 있다. 소녀에게는 별이 있기 때문에 모든 것이 문제없다. 소녀가 험한 세상을 미소하면서 살 수 있는 건 바로 그 별이 존재하기 때문이다. 하늘 높이 떠서 낮이나 밤이나 어제나 오늘이나 소녀의 일거수일투족을 바라보면서 응원하고 있으니 서럽지 않다. 소녀가 살면서 하늘을 우러르고 떵떵거리면서 자랑할 수 있도록 더 착하고 더 따뜻하게 살고 싶은 이유도 별 때문이다.

소녀는 모두 다 사랑할 것이다. 삼라만상 모든 것들을 껴안고 보듬어 줄 것이다. 겹겹이 걸친 옷을 모두 벗어버린 나목을 따뜻한 가슴으로 안아주리라. 거리를 미친 듯이 배회하는 낙엽의 마지막 몸부림과 절규를 외면치 않을 것이다. 겨울날 버진의 설원은 온몸으로 사랑할 자신이 있다.

깊어 가는 가을밤, 소녀의 창가에 별이 내려와 노크한다. 소녀는 온 존재를 열어 별을 맞아들인다.

10.
그녀는 연애의 고수

　한낮 태양이 정수리에 퍼붓던 날에 매미는 혼절하듯 울었다. 장미의 몸부림은 선홍빛으로 붉게 더 붉게 자신을 덧칠했다. 아스팔트는 햇볕을 고스란히 받아 안고 펄펄 끓는 가마솥의 입김을 토해내고 있었다.

　그들과 대결에서 밀리지 않으려고 안간힘을 쓰던 선풍기는 일찌감치 두 손 번쩍 들어 기권하고 에어컨이 온종일 동동했었다. 한여름 열대야에 홀로 땀을 뻘뻘 흘리면서 노동에 시달린 에어컨의 수고를 치하한다.

　때로는 가히 위협적으로 뜨겁게 달아오르던 계절이었다. 숨이 턱까지 차오르고 등줄기를 타고 흐르는 땀의 끈적끈적한 감촉을 거부하고 싶었다. 그때마다 '이 또한 지나가리라!'라고 독백하곤 했었다.

어느 날부터 밤하늘 입김이 달라졌다. 아마도 하늘이 머리 위에서 더 높이 올라간 시점이었을 것이다. 캄캄한 하늘에 빛나는 별의 실루엣이 선명해졌다. 이따금 그 별의 언저리를 유영하는 구름이 시인의 하늘을 재현했다. '오늘 밤에도 별이 바람에 스치운다'라고 노래했던 시인의 하늘을 파노라마처럼 펼쳐 놓았다.

별을 대할 때는 언제나 경건하다. 옷매무새를 어루만지고 가장 착한 소녀가 된다. 그리고 거룩한 의식인 양 도사리고 있는 촉발 직전의 일탈을 감지한다. 마음은 어느새 집시가 되어 한없는 배회를 꿈꾼다. 해마다 이맘때면 재발하는 불치병이다.

그녀가 지내온 삶의 여정은 잔잔하다. 이토록 신열을 앓으면서 온몸에 열꽃이 피어도 내색하지 않고 잠잠하게 다스리는 내공이 무섭다. 그녀가 수년 전에 쓴 '나는 아직도 연애를 꿈꾼다'라는 수필이 센세이션을 일으켰다. 졸작에서 그녀가 꿈꾸는 연애는 과연 무엇이었는가. 실소를 머금는다.

그녀는 지금도 연애를 꿈꾸고 있다. 대학원 박사과정 공부를 시작한 후 강의 들으면서 동분東奔하고 리포트 과제를 하면서 서주西走하고 있다. 그녀가 품은 공부에 맺힌 한恨을 더 말해 무엇하랴. 공부 때문에 동분서주를 탓하는 그녀의 넋두리는 행복한 비명으로 치부해도 무난하다.

다만 그녀의 일탈을 꽁꽁 묶어버린 공부가 야속할 따름이다. 강변에서 가을바람이 코스모스를 껴안고 쓰다듬는 백마강에 가지 못하고 있다. 한밤중 작은 동산에 올라 별을 찾고 시를 읊조리는 호사를 누리지 못하고 있는 것이 서글프다. 한 권의 책을 끼고 침대에 들어가는 달콤한 시간을 누릴 수 없는 현실이 견디기 힘들어 몸부림친다.

그녀의 책상 위에서 노트북은 출발선에 대기하고 있는 100m 경주자다. 탁상달력은 빼곡한 일정을 잊을세라 날마다 일정을 브리핑한다. 스마트 폰은 유능한 비서가 되어 일정을 재차 확인해 주고 출타할 때는 친절한 내비게이션을 자처한다.

어쩌면 산적한 일은 그녀가 사는 이유인지도 모르겠다. 업무의 노예에서 벗어나려고 몸부림치면 칠수록 더욱 과중한 무게로 짓누른다. 그녀가 능수능란하게 업무를 해치우면 다른 업무가 슬그머니 자리를 채우고 있다. 하여 그녀는 업무에서 벗어나서 자유를 만끽하려니 꿈도 꾸지 않고 있다. 일찌감치 산적한 일들과 동

별을 찾아서

고동락同苦同樂하려고 작정하고 업무가 앞에 다가올 때마다 허밍으로 반기고 있다.

참으로 아이러니한 것은 업무의 무게에서 잠시라도 벗어나면 자유로운 휴식을 느끼기보다 물가에 어린아이를 내놓은 엄마의 심정으로 동동거리는 자신을 발견한다. 산적한 일 속에서 비로소 자유로워지는 그녀, 산더미 업무는 그녀의 운명이다.

그녀는 지금도 연애를 꿈꾼다. 아무리 과중한 일이 있다손 간절한 꿈을 외면할 수는 없다. 수년 전 연애의 대상은 무궁무진했다. 시인과 작가들이 줄을 서서 기다리고 있었다. 『태백산맥』을 읽을 때는 장거리 연애를 했었다. 『칼의 노래』를 읽을 때는 작가와 주인공 모두의 매력에 빠져서 가족에게 삼각관계라고 놀림을 받기도 했다.

서울 예술의 전당에서 미술 전시회가 있었던 날은 연애의 상대가 외국인이었다. 『총·균·쇠』의 저자가 한국에 왔을 때는 팔십 대의 노학자와 높은 나이의 벽을 뛰어넘었다. 결혼 25주년 기념으로 선물 받은 『土地』를 읽을 때는 16권을 읽는 동안 여류작가와 깊은 사랑에 빠졌었다.

산더미 같은 일을 옆으로 밀고 작정했다. 그녀는 지금 연애의 상대를 간택하는 중이다. 그녀의 이상형에 맞는 상대를 찾았다. 인터넷 서점을 열어서 요리조리 따져보고 속을 살짝 들추어 보고 파트너를 찜했다.

 며칠 후면 그가 당도할 것이다. 백마 타고 오는 왕자를 기다리는 마음에 햇살이 가득 들어온다. 연애의 고수, 그녀!

제2부

샛별이 떠오르다

1.
샛별이 떠오르다

을사년乙巳年 입춘이 지나고 하늘땅이 태동했다. 푸른 샛별이 떠
오른 역사적인 순간이었다.

겨우내 설원에 덮인 대지는 고요했다. 나목은 맨몸으로 전신을
휘감는 북풍한설을 밀쳐내지 않았다. 대지도 나목도 묵묵히 시간
을 기다리고 있었다. 흰 눈과 찬바람을 감내했다. 찬 겨울을 고스
란히 견디어 낸 후에야 따뜻한 봄을 맞이할 수 있기 때문이었다.
그 시간을 단축할 수 없는 이유는 하늘의 거룩한 뜻에 순응하기
위함이었다. 땅의 지엄한 명령에 순종하기 위함이었다. 샛별이
생명의 샘에서 열 달을 기다리는 시간이 하늘의 뜻을 받들고 땅의
명령을 따른 시간이었으리라.

샛별이 떠오르다

아들 내외는 해군사관학교에서 만난 동기였다. 졸업과 동시 장교로 임관하고 국가에 소속되었다. 명절이나 집안일이 있을 때 오지 못할 때가 다반사였다. 아들 내외는 사관학교 출신답게 모든 일에 바르고 의젓하게 대처했다. 결혼식도 부모에게 의존하지 않고 다부지게 해내더니 자녀 문제도 염려할 틈을 주지 않았다. 며느리의 입덧이 어떠한지, 직장에서 일하면서 얼마나 힘든지 등 걱정하지 않게 자상하게 소식을 전해주면서 잔잔하게 시간을 보냈다.

여름의 태양이 미련을 두고 주저주저할 즈음 아들 내외가 왔다. 추석 명절에 둘 다 근무라고 하면서 겸사겸사 다녀간다고 했다. 그때 며느리의 몸이 조금 달라졌다. 배가 많이 부르지는 않았지만 둥글게 보여서 임부의 태가 났다. 며느리는 참하고 따뜻한 성품 그대로 아기도 순하게 들어섰다. 임신 초기에 약간 메슥거렸을 뿐 입덧으로 고생하지 않는다고 했다. 직장 생활하는 며느리가 입덧으로 고생하지 않는다니 천만다행이었다.

아들 내외가 1월 초 출산 예정일을 한 달 앞두고 왔을 때는 며느리의 배가 남산만 했다. 설 명절이 2월에 가깝게 있어서 장거리 이동이 어려울 것이라면서 미리 다녀간다고 했을 때 무척 대견했다. 며느리가 출산을 코앞에 두고도 도리를 지키려고 애쓰는 마음이 고맙기 그지없었다.

생명을 잉태하고 얼마나 힘들었을까. 날씬하고 아름다웠던 아가씨가 아내가 되고 엄마가 되는 여정이 얼마나 경이로웠을까. 더러 두렵기도 했으리라. 많이 걱정하고 있으리라.

삼십 년 전 나는 첫째를 임신했을 때 입덧이 심해서 음식을 전혀 먹지 못했다. 결국 탈진으로 병원 응급실에서 링거를 맞고 시댁의 허락을 얻어 친정에 가서 며칠 지냈었다. 그리고 태중에 자라는 아이만큼 배가 불렀다. 그때 생명을 잉태한 경이로움과 맞물렸던 아스라한 떨림으로 잠을 설쳤던 때를 잊지 못한다. 하여 며느리의 심정을 헤아리고 남았다.

아들이 사관학교 졸업하는 날 행사장에 가지 못하고 방송을 통해 행사를 볼 수밖에 없었던 일은 두고두고 애석한 일이다. 코로나-19 창궐이 빚어낸 슬픈 역사였다. 아들이 졸업식 후 전화해서 "아버지, 어머니. 지금까지 저를 낳아주시고 키워주시고 뒷바라지해 주셔서 감사합니다. 오늘부터 저는 국가의 소속이 되었습니다. 앞으로 집에 자주 가지 못할지도 모릅니다. 괜찮으십니까?"하고 씩씩하게 말했다. 우리 부부는 "아들아, 자랑스럽구나. 앞으로 국가와 집에서 동시에 부름이 있을 때 국가의 부름을 따르거라. 국가에 충성하는 것이 부모에게 효도하는 것이다. 언제나 당당하고 정의롭게 생각하고 말하고 행동하기를 바란다."라고 말한 것이 엊그제 같은데 벌써 가장이 되었다. 아름다운 여인의 남편이 되었고 곧 아빠가 된다니 참으로 위대하다.

2월이 되고 날마다 외줄 타는 광대처럼 불규칙적으로 숨을 쉬었다. 며느리의 출산 예정일이 2월 초라 날마다 절정의 꼭대기에서 떨었다. 휴대전화 벨 소리를 크게 설정하고 여백이 있을 때마다 휴대전화를 만지작거렸다. 혹시 전화를 받지 못했으면 어쩌나 노심초사하면서 수시로 휴대전화를 확인하곤 했다. 아들 내외에게 연락해서 물어보고 싶었으나 힘들게 하지 않으려고 침묵하고 기다렸다.

2월 5일, 그날도 여느 날처럼 출근했다. 출근하자마자 남편으로부터 전화가 왔다. 아들이 전화로 며느리에게 출산 징조가 있어서 병원으로 간다고 알려왔다고 했다. 서울에 있는 장모님이 KTX 편으로 출발해서 병원으로 오는 중이라고 했다. 남편은 우리도 곧바로 진해로 가야 하는 것 아니냐고 떨리는 음성으로 물었다. 나는 머릿속이 새하얗게 변하는 것 같았다. 무엇을 해야 하는지 어떻게 해야 좋은지 판단할 수 없었다.

우선 친정 언니에게 전화해서 자초지종을 알렸다. 언니는 서두르지 않아도 된다고 했다. 일단 병원에는 장모님과 아들이 있으니 걱정하지 말라고 했다. 따뜻한 물 한 잔 마시고 긴장을 풀고 순산하기를 기도하면서 기다리라고 했다. 우리 부부는 아이가 출산

한 다음에 시간을 두고 가는 것이 좋겠다고 했다. 남편에게 전화해서 언니와 통화한 내용을 전달했다. 남편도 최근에 손자를 본 지인 의견도 같다고 하면서 경과를 지켜보자고 했다.

오후 2시 27분 샛별이 떠올랐다. 아들이 샛별의 출생 소식을 전하면서 4장의 사진을 보내왔다. 갓 태어난 강보에 누운 아기와 출산하느라 힘든 며느리의 모습을 보는 순간 울컥했다. 며느리와 아기를 돌보는 아들, 셋의 모습이 있는 사진을 보면서 눈물을 흘리면서 미소를 지었다. 감동과 감사가 뒤범벅되어 주체할 수 없었다.

아들은 우주의 탄생을 지켜보면서 가장의 무게를 감당했을 것이다. 아름다운 며느리는 위대한 어머니가 된 순간이었다. 우렁찬 울음소리로 하늘땅을 진동하고 떠오른 샛별은 깨끗하고 맑아서 푸른빛으로 빛났으리라.

샛별이 떠오른 날!
진해의 하늘땅이 진동하고 서울에서 부여까지 여진이 오랫동안 멈추지 않았다. 역사는 그날을 시율이 생일이라고 기록했다.

2.
내 사랑 앨리스

아름다운 앨리스!

그대의 내일을 응원하면서 함께 기뻐합니다. 그대가 면접을
보고 온 후 낯선 번호로 걸려 온 전화를 받으면서 어여쁜 얼굴에
가득 피어나는 미소를 바라보는 시간은 찬란했습니다. 그대의
눈에 촉촉하게 차오르는 맑은 이슬을 보았습니다. 거실에 서서
두 팔을 높이 들고 활짝 웃는 모습은 흡사 한 마리 나비가 춤을
추고 있는 모습이었습니다. 아름다운 천사가 잠시 지상으로 내
려왔다고 착각했습니다. 그날 그 시간에 그대는 그렇게 황홀했
습니다.

그대가 대학교 졸업한 후 몇 년 동안 책상에 책과 함께 박제된

채 지내는 모습이 애처로웠습니다. 그대를 응원하는 마음으로 드라이브 삼아 이곳저곳을 다녀오면서 옆자리에 앉아 참새처럼 말하는 목소리의 빛깔에 주의를 기울였습니다. 그대 목소리의 높낮이가 어떠한지 그대의 눈빛이 얼마나 빛나는지 살피면서 조여 오는 가슴을 짓누르곤 했습니다. 세상에서 가장 밝은 목소리로 그대를 추켜세워도 이내 그대의 얼굴에 드리우던 잿빛 그늘을 보고 깊은숨을 몰아쉬곤 했습니다.

그대는 견고하게 자리를 지켰습니다. 집안의 첫째로서 든든한 모습으로 의연하게 자리를 지켜냈습니다. 그대가 언제나 그렇게 굳건하게 지낼 수 있기만을 바라고 또 원했습니다. 저마다 가는 길이 같을 수 없음을 그대 스스로 받아들일 수 있기를 바랐습니다. 때로는 손에 쥐었던 것을 놓아야 할 때, 미련 없이 놓아주고 새로운 꿈을 향하여 도약할 수 있게 해달라고 기도했습니다.

그대가 어렸을 때, 이래라저래라 쉼 없이 조언하고 잔소리했던 어미였습니다. 어쩌다 그대와 그대의 남동생이 어미의 양육법에 대해 신랄하게 비판하던 때가 있었습니다. 거실에 효자손을 걸어두고 훈육할 때 매로 둔갑한 효자손으로 엉덩이를 치면서 효자손으로 맞으면 효자가 된다고 했던 어미에 대해 요즘 애들이라면 가정폭력 운운하면서 신고했을 거라면서 박장대소했습니다. 그때 안방에서 어미도 웃음을 참느라고 힘들었답니다. 그대들의 대화에 동의했으니까요.

성인이 된 그대에게 어미가 할 말이 별로 없더이다. MZ세대들의 언어가 낯설고 아날로그 세대인 어미가 디지털 세대인 그대에게 자칫 잘못 충고할까 염려되기도 했습니다. 어미는 그대를 믿고 지켜 볼밖에 묘안이 없었습니다. 다만 어미가 노력하는 모습으로 그대의 곁에 있어 주고 싶었습니다. 그대에게 하고 싶은 잔소리 대신 어미의 일을 신실하게 하면서 매사 하나님의 은혜를 구했습니다.

사랑하는 앨리스!
그대에게 언젠가 했던 말이 생각납니다. '하나님께서는 하나의 창문을 닫으실 때 반드시 다른 하나의 창문을 열어 주신다!'라는 문장을 카톡으로 주었었지요. 사실은 그 문장은 어미가 좋아하는 영화 '사운드 오브 뮤직'의 대사였습니다. 어미가 그대와 같은 스무 살 시절에 TV로 시청했던 영화였습니다. 어쩌면 그때 어미에게도 그 문장이 한 획을 긋는 계기가 되었을지도 모르겠습니다. 어미가 생생하게 기억하고 있다는 것이 그것을 증명하는 것이 아닐까요. 다행스러운 것은 '사운드 오브 뮤직' 40주년 발간 DVD를 구매해서 같이 봤다는 것이었지요. 어미는 아름다운 사랑을 보여 주고 감동을 받았으면 하는 바람이 있었습니다. 어미의 기대를 훌쩍 뛰어넘어 그대는 주제곡을 모두 피아노로 연주했고 그대의 남동생은 주인공 폰트랩 대령보다 더 멋있고 훌륭한 장교가 되었습니다. 그대들은 그렇게 어미의 한계를 능가하는 크고 높고 깊고 넓은 놀라운 사람들이었습니다. 어미가 전율하면서 감사하는 이유가 그것이었습니다.

지나온 시간들 돌아보면 아쉬움이 크게 남아있습니다. 그때 어미가 열어젖힌 하늘이 너무 좁았다는 것을 통탄합니다. 어미가 열어 준 하늘은 우물 안 개구리가 본 하늘이었습니다. 어미가 보고 듣고 깨달은 것이 고작 그뿐이었습니다. 그나마도 어미는 혼신을 다했다고 자위했으니……. 얼마나 한심스러운지 스스로 뉘우치고 있습니다. 그때 좀 더 욕심을 내서 개구리의 배를 부풀렸어야 했습니다. 우물의 테두리를 벗어나서 더 높고 넓은 하늘을 보여주었어야 했습니다. 누군가 시간을 되돌려 다시 그대들의 유년시절로 데려다준다면 기필코 몇 배로 더 큰 하늘을 보여주겠노라 장담할 수 있습니다. 효자손을 매로 둔갑시키는 일도 하지 않고 더 부드럽고 따뜻한 언어로 그대와 그대의 남동생을 양육하겠습니다.

내 사랑 앨리스!
그대의 꿈을 그 무엇과 타협하지 말아요. 그대의 일기장에서 빛나고 있는 그대의 꿈을 응원합니다. 어미가 유년시절에 별을 보고 따라왔던 꿈을 품에 안고 있는 지금까지 한시도 내려놓지 않았다는 것을 누구보다 잘 알고 있는 그대여! 어미보다 몇 곱절 능력 있으며 재능이 출중하다는 말은 허풍이 아닙니다. 고슴도치 어미의 팔불출 자식 자랑이 아니랍니다. 어미는 그대와 같은 나이에 그만한 재주가 없었습니다. 장담컨대 그대는 어미보다 몇 배나 훌륭한 글쟁이가 되리라 믿습니다. 두고 보면 확연하게 알게 될 테지요.

앨리스, 그대의 말이 귓가에 맴돌고 있습니다. 그대가 "엄마, 이런 느낌이었어요? 우택이가 H사관학교 합격 통보를 받고 기뻐서 거실을 빙그르르 돌면서 '참, 좋다!'라고 말했던 것이 이런 것이었어요? 제게도 이런 기쁜 순간이 왔다는 것이 감사해서요. 엄마, 저도 참 좋아요."라고 말했던 순간이 어미에게 각인되었습니다. 그 순간 그대에게 하늘의 모든 별들이 우르르 쏟아지는 착각을 했답니다. 그대의 주변이 온통 빛났으니까요.

내 사랑 앨리스!
그대의 축복이 지속되기를 기도합니다. 그대의 신언서판身言書判이 곧 그대의 콘텐츠라는 것을 아십니까. 앨리스, 오늘 주일 예배 시간에 피아노 반주하는 그대의 옆모습을 보면서 마냥 행복해서 백치 미소를 지었던 어미를 알겠습니까. 앨리스가 어미의 딸이라는 사실이 얼마나 행복했는지 모를 겁니다.

앨리스, 어미도 거실을 빙그르르 돌면서 두 팔을 벌리고 환호성
을 질러 봅니다. 그대와 그대의 남동생이 기뻤던 순간이 이런 거
였나 봅니다. 참으로 좋습니다!

샛별이 떠오르다

3.
목 놓아 부르는 사부곡

올여름은 유난히 무더웠다. 가장 높은 기온, 가장 긴 열대야 등 새로운 기록을 세웠다. 온몸을 땀으로 흠뻑 젖게 하는 태양의 뜨거운 입김을 감내하면서 선선한 가을을 고대하고 있었다. 더위가 물러갈 때쯤이면 마지막 몸부림인 양 태풍을 불러들이곤 했다. 태풍 9호 종다리는 농작물을 휩쓸고 쑥대밭으로 만들었다. 예나 지금이나 농사는 하늘이 도와야 하는 천수답이라고 생각했다.

아버지는 농부였다. 청양군 남양면 첩첩산중의 마을에서 태어나서 평생을 땅을 일구고 살았다. 아버지는 둘째로 태어났으나 큰아버지께서 군軍에서 얻어온 병으로 일찍 돌아가셨기 때문에 큰집을 오가며 두 집안을 건사하였다. 큰아버지께서 돌아가신 후

설상가상雪上加霜으로 할아버지께서도 돌아가시는 바람에 큰댁 안방에는 할아버지 궤연을 모셨고 작은 방에는 큰아버지 궤연을 모셨다. 큰댁에는 할머니와 큰어머니와 조카 넷이었다. 아버지에게 딸린 가족은 어머니와 올망졸망 육 남매였다. 아버지의 고단한 일생은 그렇게 시작되었다.

아버지의 전답은 천수답이었다. 매년 하늘에서 비가 내려야 씨를 뿌릴 수 있었고 하늘에서 비가 내리지 않으면 모내기를 할 수 없었다. 어느 해 모내기 철에 아버지의 다랑논이 거북이 등딱지처럼 쩍쩍 갈라졌다. 냇가에 있는 남들 논은 물을 대어 모내기를 하느라 여념이 없을 때 황토 먼지가 폴폴 날리는 논바닥에서 한숨을 쉬는 아버지를 보았다. 아버지는 여식의 고사리손을 잡고 힘찬 목소리로 올해도 풍년이 될 거라고, 아무 걱정 없다고 말했다. 가을에 수확을 끝내면 아버지는 해마다 풍년이라고 했다.

아버지는 매번 큰집 일이 우선이었다. 봄에 소에 쟁기를 지우고 산비탈 밭을 갈 때도 큰집 밭부터 갈았다. 아버지 논의 모내기는 큰집 모내기가 끝난 후였다. 가을에 나락을 걷어 들일 때도 큰집이 우선이었다. 가을 추수를 마치고 볕에 벼를 말일 때 후드득 비가 내리기 시작하면 아버지는 큰댁 마당으로 달려갔고 우리 벼는 어머니와 올망졸망 고사리손이 담아 들였다. 그때마다 듣는 어머니의 푸념은 덤이었다.

할머니께서 돌아가신 후 큰집 가족은 할머니의 궤연을 모셔둔 채 대처로 떠났다. 그때 아버지는 본격적으로 두 집 살이 했다. 아버지는 할머니의 궤연을 모셔둔 큰댁에서 주무셨다. 그때도 아버지는 가뭄에 먼지가 날리던 논에서 풍년을 기약하신 것처럼 누구도 원망하지 않았다. 아버지의 허허 웃음소리는 모든 걱정을 싹 날려버리는 특효약이었다. 아버지는 웅장한 산이었고 수호신이었다.

아버지는 육 남매가 차례로 성가하고 약속이나 한 듯이 모두 남매를 두었을 때 덩실덩실 춤을 추며 아무것도 부럽지 않다고 노래를 불렀다. 그러나 아버지의 행복은 일장춘몽一場春夢이었다. 가을 무서리 내린 어느 날 어머니께서 쓰러진 후 일주일 만에 하늘나라로 떠났다. 어머니를 잃고 여식은 마음껏 울 수 없었다. 태산이었던 아버지께서 주저앉을 것만 같았다. 수호신이었던 아버지께서 비틀비틀 중심을 잃을 것만 같았다. 사람들은 예기치 않은 일이 닥치거나 깜짝 놀랐을 때 '엄마'라는 외마디를 뱉는다. 그러나 나는 그와 같은 상황에서 '아버지'라고 외친다. 내 잠재의식에는 아버지, 오직 아버지뿐이었다.

날마다 아버지께 전화하고 주말마다 아버지께 달려갔다. 시간이 시나브로 흐르던 어느 날 아버지 집에서 현관에 놓여있는 지팡이를 발견했다. 그날 주방에서 설거지하면서 '갑자기 다리에 힘이 빠지면서 넘어지더라. 이러다가 큰일 나겠다 싶어서 부랴부랴 지팡이를 장만했구나.'라는 아버지의 말씀을 등 뒤로 들으면서 소리 없이 엉엉 울었다. 백발이 된 아버지께서 지팡이를 짚고 동구 밖에 서 있는 모습이 눈물 속에서 흔들리고 있었다.

아버지는 나에게 전화하는 일이 드물었다. 언젠가 아버지께 전화했다가 불통이었을 때 울고불고 걱정했던 일 때문에 멀리 출타할 때 "아비가 이만저만해서 거시기 다녀올 테니 전화 안 되더라고 걱정하지 마라."라고 당부할 때 외에는 좀처럼 전화하지 않았다. 그런 아버지께서 다소 흥분된 목소리로 "우리 동네에도 버스가 들어온단다. 그러니 아비 걱정하지 말고 잘 지내거라. 읍내 다녀올 일도 걱정 없단다. 집 앞에서 버스 타고 갔다가 집 앞에서 내리면 된단다."라고 말했다. 기쁜 소식들 듣고 확인하고 싶어서 주말에 아버지께 갔다가 털썩 주저앉고 말았다. 아버지의 문전옥답門前沃畓이 뚝 잘려 버스 길이 되었고 아예 논 하나는 버스정류장으로 변해 있었다.

아버지는 나를 토닥토닥 달래면서 "아버지 걱정은 하지 마라. 평생 마을의 은덕으로 살았느니라. 마을 길을 넓히고 버스를 돌릴 수 있는 정류장이 있으면 버스가 들어온다고 하더라. 마을에 좋은 일 하고 싶었다. 너희들 앞길 잘되라고 적덕積德했느니라. 그러니 너희들은 의좋게 지내거라. 이다음에 아비가 떠난 후 산소에 와서 울지 마라. 너희들 추억을 꺼내고 즐겁게 얘기하다가 가거라. 아비하고 어미는 너희들 잘 지내면 되느니라. 애들 잘 키우면 효도하는 거란다. 수진이와 우택이 잘 키우거라."라고 하셨다.

그 이듬해 아버지 집이 화재로 전소되었다. 화재의 원인은 누전으로 판명되었다. 백발의 팔순 아버지는 금방이라도 부스러질 삭정이와 다르지 않았다. 나는 팔을 걷어 올리고 아버지 집을 짓기로 했다. 내 위로 오빠와 언니들은 이래저래 일이 있어서 할 수 없었다. 나는 천수답으로 하늘을 원망하지 않았던 아버지처럼 전부를 끌어안고 감내하고자 했다. 오로지 아버지만 무사하기를 바랐고 아버지만 힘낼 수 있다면 태산이라도 짊어지겠다고 했다.

아버지 집을 짓는 동안 마을 회관에서 지내는 아버지를 위해 하루가 멀게 달려 다녔다. 아버지께 드릴 음식을 장만해서 갔다가 아버지 옷에 흙이라도 묻었으면 바로 세탁했다. 아버지께서 만의 하나라도 자존심 상할까 우려하면서 예전보다 더 살펴드렸다. 그때 부여에서 청양을 오가는 나령리 고갯길을 울면서 다녔다. 그때 얼마나 힘들었던지 내 정수리에서 한 움큼 머리카락이 빠지더니 휑하게 탈모 증상이 나타났다. 깜짝 놀란 사춘기 자녀가 내 가슴에 파고들면서 엉엉 울었고 나도 목 놓아 울었다.

아버지는 새집에서 오래 살지 못하셨다. 같은 계절을 두 번씩 보내고 산비탈에서 연분홍 진달래가 꽃망울을 터뜨릴 즈음 동화처럼 하늘나라로 떠나셨다. 나는 평생 반듯하게 살았던 아버지의 유전자를 그대로 물려받았다고 자부한다. 아버지를 본받아 사람들에게 덕을 베풀며 살고 싶어 전율하고 있다.

자녀들 잘 키우라는 아버지의 유언을 받들어 자녀들을 국가와 사회의 인재로 키워냈다. 아름다운 딸은 어린이들을 가르치는 영어 교사로서 사랑을 베풀고 있고 아들은 해군 장교로서 국가를 지키고 있다.

해군 장교 아들이 문무를 겸비한 성웅 이순신의 뒤를 잇는 제독이 되기를 바라면서 효 가문에서 충신 난다는 만고불변의 진리를 몸소 실천하고 있다. 목 놓아 부르는 사부곡思父曲이 하늘과 땅을 진동한다.

4.
아버지

　아버지!

　휴대전화 단체 대화방 여기저기에서 꽃소식을 전해주고 있습니다. 지난주에는 노란 산수유꽃을 전해주더니 오늘은 산비탈에 분홍색 웃음을 터뜨린 진달래꽃을 전해줍니다. 저는 어제 퇴근하면서 궁남지를 산책했습니다. 바쁜 일상에서 탈출하고 싶어서 통로를 모색하던 중 퇴근길에 궁남지에 들르기로 했습니다. 직장에서는 업무 때문에 책상에 붙어있고 가정에서도 이런저런 일로 컴퓨터 앞에서 옴짝달싹 못 하고 있습니다.

　아버지께서 저를 지켜보고 있다고 믿고 있습니다. 작년에 논문을 쓰는 내내 당신을 생각했습니다. 지천명을 넘긴 여식이 올올이 맺힌 한恨을 풀어헤치는 과정을 지켜보셨을까요? 논문 원고를 인쇄소에 넘기고 하늘을 우러러 뜨거운 눈물을 흘린 이유는 무엇이었을까요? 아버지, 당신이었습니다. 두 눈에 가득 그리움이 고였습니다.

제가 중학교를 졸업하고 고등학교 진학을 선택하는 과정에서 상고商高 진학을 권했습니다. 당신은 둘째 아들이었으나 큰아버지께서 사고로 일찍 돌아가셨기에 큰아들 역할을 하였습니다. 천수답 몇 마지기와 산비탈 밭이 재산의 전부였으나 자식 육 남매와 큰댁에 계신 할머니와 큰어머니, 그리고 사촌들도 당신께서 돌봐야 했습니다. 그때 당신의 눈에는 공부 잘하는 똘똘한 여식보다 줄줄이 보살펴야 하는 가족들이 우선이었습니다.

중학교 국어선생님께서 '손에서 책을 놓지 말고 늘 글을 읽어라' 라고 주신 당부를 화인火印처럼 간직하고 살았습니다. 서울 빌딩숲에서 경리로 근무하던 스무 살 시절에 손에서 책을 놓지 않고 살았습니다. 결혼하고 두 자녀를 양육할 때는 더욱 간절하게 책을 끌어안고 지냈습니다. 그 세월이 빛나는 나이테를 굵게 형성하였고 하늘을 향하여 사닥다리를 오르고 또 올라 별의 경지에 도착했습니다.

문학박사 학위를 받은 후 베트남 어학원에서 한국어 교수로서 강의하고 있습니다. 최근에 베트남으로 한국 기업이 많이 진출했습니다. 베트남 청년들은 한국으로 오고 있습니다. 베트남이나 한국에서나 한국어 열풍이 뜨겁습니다. 지난 토요일에 베트남 어학원 교수님을 만났습니다. 제 강의에 대해서 수강생들의 반응이 긍정적이라고 했습니다. 수강생들이 제 강의가 재미있고 친절하게 가르친다고 한답니다.

아버지, 저는 잘할 수 있습니다. 지금까지 한순간도 문학을 떠나지 않았습니다. 손에서 책을 놓지 않았습니다. 시詩를 쓰고, 수필隨筆을 쓰고, 칼럼을 쓸 때 마지막 마침표를 찍으면서 희열을 느낍니다. 요즘은 교재를 연구하고 있습니다. 대학원 교수님께 교재를 집필하라는 하명을 받았습니다. 저는 지금 감사하는 마음으로 전율하고 있습니다.

저는 요즘 화양연화花樣年華라는 말을 많이 생각합니다. 화양연화는 인생에서 꽃과 같이 가장 아름답고 행복한 순간을 뜻하는 말이라고 합니다. 꽃 화花, 모양 양樣, 연 년年, 빛날 화華로 구성된 말입니다. 이는 인생에서 가장 아름다운 순간, 우리 삶에서 꽃과 같이 아름다운 청춘을 시적으로 표현한 말입니다. 어쩌면 제 인생에서 가장 아름다운 순간이 지금이 아닐까요? 제게 있어서 화양연화花樣年華는 지금이라고 말하겠습니다.

아버지!

당신의 화양연화花樣年華는 언제였습니까!

당신의 어깨에 매달리던 1남 5녀의 무게가 가뿐 했던 시절, 대처로 나가자고 조르던 아내의 잔소리가 귓가에 쟁쟁했던 그 시절이었을까요? 허리가 휘도록 일하면서 장학생 아들의 학비 뒷바라지를 할 때가 당신의 화양연화였을까요? 농번기에는 산비탈 밭과 천수답에서 허리 펼 날 없었던 당신. 흰 눈이 대지를 뒤덮은 겨울철에는 사랑방에 가득 볏짚을 쌓아놓고 새끼 꼬고, 삼태기를 짜고 명석을 만들던 그때가 당신의 화양연화였을까요?

아버지, 제 하늘에서 가장 밝게 빛나는 별입니다. 당신은 가뭄이 계속될 때 먼지 날리는 천수답에서 하늘을 원망하지 않았습니다. 마을의 궂은일을 도맡아 하고 이웃들의 부탁을 거절치 않았습니다. 법 없이 살 양반! 이웃마을에서 부르던 당신의 수식어였습니다. 마을버스가 들어올 수 있게 평생 일군 문전옥답을 내어주고 버스가 왕래할 수 있도록 길을 넓혔습니다. 논 하나는 통째로 버스정류장으로 내어주었습니다. 그때 속상해하는 저희에게 "자식들 앞날이 잘되라고 적덕했느니라. 마을에서 평생 잘살았으니 아깝지 않느니라."라고 웃으면서 말했지요.

아버지!

아버지의 유전자가 제게 흐르고 있습니다. 아버지께서 살았던 삶의 모든 순간이 교훈이었습니다. 저도 아버지처럼 살겠습니다. 하늘을 향하여 원망하지 않고 순종하겠습니다. 사람과 사람 사이 따뜻하고 착하게 지내겠습니다. 누군가에게 주고 또 주었을 때 행복하다는 것을 알았습니다.

아버지!

다음 주가 아버지 기일입니다. 아버지께서 생전에 "이다음에 아버지가 떠났을 때 기일에 만나서 울지 마라. 좋았던 시절 추억을 떠올리고 웃다가 가거라."라고 했던 말씀대로 저희는 산소에서 만나서 웃다가 옵니다.

다음 주에도 당신의 산소에서 청개구리 같은 저희의 웃음소리로 떠들썩하겠네요.

아, 아버지!

5.
가을을 좋아하는 소녀

가을을 좋아하는 소녀가 있다. 갸름한 얼굴에 찰랑거리는 긴 머리가 어깨를 덮는 소녀는 뒷모습도 아름답다. 소녀는 이른 봄 벚꽃이 만개했을 때 탄성을 지른다. 한여름 매미의 노랫소리가 따갑게 들려오면 매미마다 노랫소리가 다르다고 귀 기울인다. 흰 눈이 푹푹 내리는 날도 두 팔을 벌려 나비춤을 추면서 좋아한다. 그 소녀가 유독 가을을 좋아하는 이유가 그녀의 옷장 안에 있는 옷 중 가을옷이 가장 예뻐서라고 했을 때 웃음을 참을 수 없었다.

소녀가 대학교를 졸업한 후 취업 준비를 하는 동안 창백한 얼굴로 찡그린 날이 더러 있었다. 소녀의 엄마는 덩달아 의기소침해지고 소녀를 위해 아무것도 할 수 없어 애달파했다. 소녀가 최후의 수단으로 대전에 가서 공부할 때였다. 소녀가 학원과 독서실을 오가느라 긴 머리 질끈 묶고 모자를 눌러쓰고 운동복 차림으로 주말에 집을 다녀갔을 때였다. 엄마는 소녀의 방을 청소하다가 소녀의 옷장을 열어보고는 홀쩍홀쩍 울었다. 소녀의 알록달록 예쁜 옷들이 옷장에서 우두커니 소녀를 기다리고 있었고 소녀는 책상에 붙박이가 되어 책과 씨름하느라 전전긍긍하고 있는 모습이 안쓰럽기만 하였다.

지난여름은 유난히도 더웠다. 소녀와 산책하다가 작은 나무의 가지에 앉아 허리가 잘록하도록 혼신으로 노래하는 매미를 보았다. 소녀는 매미를 물끄러미 바라보다가 쓴웃음을 머금었다. 왜 그랬을까. 엄마는 소녀의 손을 잡고 말없이 연지를 걸었다. 소녀의 가녀린 손이 힘없이 떨고 있었다. 엄마는 말을 삼키고 온 마음을 손끝으로 전달하고 싶었다.

그 후 일주일 동안 소녀는 스스로 고치를 만들고 고치 안에 자신을 가두었다. 오롯이 하늘만 바라보고 있었다. 아침 일찍 잠에서 깨어나서 하늘을 우러르고 오후에도 밤에도 주변을 모두 멀찍이 밀어내고 하늘만 주시했다. 소녀는 일주일 내내 한결같이 자신을 채찍질하고 있었다. 소녀를 바라보는 엄마도 숨죽이며 스스로 고치를 만들고 들어앉은 소녀를 기다렸다. 일주일 후 소녀는 세상에서 가장 밝은 모습으로 웃으면서 날개를 활짝 펼쳤다.

지금 소녀는 좋아하는 도시에서 교사가 되어 날마다 천사 같은 학생들을 만나고 있다. 소녀가 말했다. "엄마, 정말 감사합니다. 제가 학교 졸업하고 더 공부할 수 있도록 아낌없는 지원을 해주신 것을 잊지 않을 겁니다. 가장 고마운 일은 늘 저를 위해 기도해 주신 사랑입니다. 제가 이렇게 건강한 것도 당당하게 제 일을 할 수 있는 것도, 모두 엄마가 저를 믿어주었기 때문이라고 생각합니다. 직장에서 아이들을 대할 때도 공부방을 할 때 학생들을 사랑으로 가르치던 엄마의 모습을 생각하고 엄마처럼 하려고 노력합니다. 엄마는 학생들의 인격을 존중하고 성적보다 인성을 우선으로 중요시한 것을 기억합니다. 엄마가 저의 좋은 롤모델입니다. 엄마가 있어서 얼마나 좋은지 모릅니다. 엄마, 오래오래 곁에 있어 주세요."라고.

소녀와 엄마는 밤마다 긴 통화를 하고 미처 하지 못한 말은 카톡으로 주고받으면서 자지러지고 있다. 소녀가 좌충우돌 일터에서 겪는 사연들은 배꼽을 쥐게 한다. 수업시간에 말썽부리는 아이를 꾸중하고 풀이 죽은 아이의 모습에 가슴이 아파서 복도에서 울었다는 초보 선생님. 복사하다가 복사기 고장 났다는 사건과 숲 체험 수업하다가 다리에 붙은 잔 나뭇가지가 벌레인 줄 알고 비명을 지른 선생님. 고사리손으로 선생님 다리에서 나뭇가지를 떼어주던 아이들. 소녀는 말마다 우리 아이들이 얼마나 사랑스러운지 모른다, 다른 반 아이들보다 얼마나 똑똑한지 모른다고 일장

연설이 따로 없다. 엄마가 소녀에게 고슴도치 선생님이라는 별명을 지어주었다.

> 너는 한 송이 꽃과 같이
> 그리도 예쁘고
> 귀엽고
> 깨끗하여라
> 너를 보고 있으면
> 서러움은
> 나의 가슴까지 스며드는구나
>
> 하나님이 너를
> 언제나 이대로
> 맑고 곱고 귀엽도록
> 지켜주시길
> 네 머리 위에 두 손을 얹고
> 나는 빌고만
> 싶어 지는구나

  하이네의 시, 〈너는 한 송이 꽃과 같이〉 전문이다. 엄마가 소녀에게 읊조려 주고 싶은 시다.

가을이다! 창문 틈으로 들어오는 바람이 속삭인다. 동산에 올라 하늘을 보면 바람이 구름 휘장을 걷어내고 별을 하나씩 등장시키고 있는 가을밤이다. 한낮의 뜨거운 태양의 입김이 곡식을 알알이 영글게 하고 있으리라. 머잖아 산등성이마다 오색 옷으로 갈아입는 나무들이 깊은 가을을 예찬하리라.

가을을 좋아하는 소녀를 생각하면서 두 손을 모으고 무릎을 꿇는다. 소녀가 오가는 길섶에 들꽃이 피어서 미소 짓기를 빈다. 일과를 마치고 잠자리에 드는 소녀의 시간이 달콤하기를 기도한다. 아침에 소녀의 창을 노크하는 태양의 알람에 활짝 웃고 하루를 당차게 시작하기를 간절하게 바란다.

한 떨기 꽃과 같은 소녀!
어여쁜 옷을 입고 걸어갈 때 가을바람이 살랑살랑 소녀의 옷자락을 어루만져 주기를 기도한다.

6.
아버지의 단짝

아버지가 생각날 때가 많다. 아버지가 별나라로 여행을 떠난 후 십수 년이 지났지만 당장이라도 고향으로 달려가서 아버지를 부르면 버선발로 맞이해 줄 것만 같다. 아버지는 흙에서 태어나서 평생 흙과 동고동락하다 흙으로 돌아갔다. 아버지는 농부였다. 뼛속까지 흙의 유전자와 대자연의 DNA가 흐르는 천생 농부였다.

동구밖에 봄이 오려고 하면 아버지는 이미 소를 몰아 산비탈 밭을 쟁기질했다. 그 밭에 파종할 때도 앞산의 뻐꾸기 노랫소리보다 아버지가 한발 앞섰다. 논두렁 아래 도랑에 살얼음이 금 간 유리 조각처럼 사선마다 햇살을 머금고 있던 겨울이 채 꼬리를 거두지 못한 이른 봄에 무릎까지 질척이는 논에서 못자리를 만들었다.

작은 비닐하우스 안에서 어린 모가 자라는 걸 등하굣길 오가면서 보았다. 처음에 싹튼 아기 모는 비닐하우스 안에서 어렴풋한 연초록의 실루엣을 연출했다. 그 논두렁 따라 노란 민들레가 초록색 잎으로 양탄자를 만들고 샛노란 꽃을 피울 때쯤 비닐하우스 안에서 연초록의 모는 초록색으로 튼실하게 자랐다.

붉은 자줏빛의 자운영꽃이 군락을 이루어 피어날 때 아버지는 모내기를 준비했다. 겨우내 잠을 자던 논배미는 소를 몰아 써레질하는 아버지의 우렁찬 소리에 놀라 꿈틀대며 잠에서 깨어났다. 자운영꽃이 이별을 고할 즈음 크림색 아카시아꽃이 팝콘처럼 타닥타닥 피어났다. 못자리에서 튼실하게 자란 모를 한 모숨씩 쪄서 지푸라기로 묶으면 모내기 준비도 끝이었다.

모내기는 이웃들과 품앗이로 했다. 논의 양쪽 끝에 못줄을 감은 나무 말뚝을 꽂고 여럿이 허리를 굽혀 왼손에 모를 한 움큼 들고 오른손으로 몇 개씩 모를 소분하여 심었다. 모를 꽂았다는 표현이 더 적절할지도 모르겠다. 양쪽에서 못줄을 옮기는 두 사람이 약속 같은 구령을 -어허, 다음, 으쌰 등- 하면 모심던 사람들은 잠시 허리를 들었다가 금세 허리를 굽혀 모를 심는다.

넓은 논에 초록색 모가 일정한 간격으로 자리를 잡으면 하루를 유영한 해는 서산마루에서 마지막 몸부림으로 전율하여 빨갛게

태웠다. 모내기를 하던 사람들은 뻣뻣한 허리를 펴고 주먹으로 두드리며 고단한 하루를 마치고 집으로 돌아갔다. 더러는 다리에 붙은 거머리를 떼어내고 검붉은 선혈이 흐르는 상처에 지천으로 난 쑥을 뜯어 손으로 짓이겨 붙였다.

모내기가 끝난 논에서 모들이 자리를 잡고 커갔다. 여리디여린 모들이 굵어지고 초록색이 짙어지면 마을 가중나무 가지마다 매미들이 자리를 차지하고 따갑게 노래했다. 아버지는 모가 무럭무럭 자라는 논배미에서 잡초를 뽑느라 허리 펼 날 없이 바쁘게 지냈다.

아버지의 바쁜 일이 일단락되면 "인희야, 따라나서거라. 아버지랑 잠깐 다녀올 곳이 있다."하고 나를 데리고 논으로 갔다. 수렁배미 논에는 제법 큰 샘이 있었다. 가장 큰 논 중간 논두렁 바로 아래 샘이 있었다. 둥근 가장자리는 돌로 둑을 만들었고 맑은 샘 안에 물풀이 자라고 물풀 사이를 송사리가 헤엄치고 있었다.

아버지는 샘으로 들어오는 물줄기를 막고 샘의 물을 바가지로 퍼냈다. 물이 바닥쯤으로 줄어들면 나는 어레미-밑바닥의 구멍이 굵고 큰 채-를 잡았고 아버지는 샘에서 퍼낸 물을 어레미 안에 부었다. 송사리들이 파닥파닥 움직였다. 더러 내 손바닥만 한 붕어도 있었다. 어레미에 있는 고기들을 양동이에 넣고 물을 조금 담으면 고기들은 양동이 안에서 헤엄쳤다.

그날 점심 밥상에는 텃밭 가장자리에 예쁘게 매달린 애호박을 넣은 매운탕이 올라왔다. 흰 옥양목 앞치마를 두른 어머니가 도마 위에 애호박을 올리고 써는 소리가 장단처럼 귓가에 아련하게 맴돈다. 한여름의 뜨거운 태양이 양철지붕을 달구고 매미도 덩달아 뜨겁다고 울어대며 하소연을 퍼붓던 유년 시절 여름이 고흐의 별이 빛나는 밤의 명화처럼 각인되었다.

시간이 시나브로 흐르고 여름이 가을에게 자리를 내어주면 아버지의 논은 금파로 일렁였다. 논 가장자리에 얄미운 참새떼가 드나들면 어머니는 허수아비를 만들어 세웠다. 참새떼가 벼를 먹다가 힘들면 허수아비 팔에 앉아 쉬었다가 다시 벼를 먹는다며 아버지는 허허허 웃었다.

아버지는 모내기를 가장 먼저 끝낸 것처럼 가을걷이도 서둘렀다. 벼를 베어 다발을 묶고 논두렁에 일렬로 볏단을 세워서 가을볕에 말렸다. 아버지는 규칙적으로 볏단을 돌려세워서 골고루 햇볕을 쬐어 마르게 했다. 타작을 마치고 곳간에 벼 가마니를 들이면 아버지의 한 해 일이 끝났다. 아버지는 해마다 추수를 마치고 올망졸망 매달리는 자식들에게 "올해도 풍년이란다. 많이 먹고 건강하게 자라거라."하고 푸짐한 덕담을 아끼지 않았다.

샛별이 떠오르다

아버지는 겨울에도 휴식이 없었다. 겨울이 오면 사랑방은 아버지의 작업실로 변했다. 아버지는 볏짚을 방 안에 가득 들여놓고 손질하여 빗자루를 만들고 새끼를 꼬고 삼태기를 만들었다. 아버지가 만든 빗자루며 삼태기는 기계로 만든 것처럼 모양이 일정했다. 동네 사람들이 아버지의 솜씨가 대단하다고 했던 말은 괜한 말이 아니었다. 동네에서는 큰일이 있을 때마다 아버지를 찾았던 것도 아버지의 솜씨와 무관하지 않았다.

내 유년 시절 겨울은 동화의 한 장면으로 남아있다. 나는 따뜻한 아랫목에 엎드려 턱을 괴고 구멍 난 창호지 문으로 마당에 내리는 눈을 감상했다. 사랑방에서는 아버지가 바스락바스락 볏짚을 비비면서 새끼를 꼬는 소리가 들렸다. 간헐적으로 아버지의 기침 소리가 볏짚 소리에 얹혀 불협화음을 이루었다.

밖에는 연신 눈이 내리고 부엌에서는 어머니가 저녁밥을 짓고 있었다. 가마솥에 불을 지피고 밥을 짓고 된장국을 끓이던 어머니의 단상이 뇌리에 한 장의 사진으로 남아있다. 아궁이에 타들어 가던 솔가지의 열기가 터널을 통과하듯 구들을 타고 지나서 방을 따뜻하게 데우고 굴뚝에서 연기로 피어올랐다.

눈 내리는 한겨울에도 아버지는 "인희야, 따라나서거라. 아버지랑 잠깐 다녀올 곳이 있다."하고 나를 찾는다. 아버지는 장화를 신고 장갑을 끼고 완전무장하고 삽을 들었다. 나도 작은 장화를 신고 장갑을 끼고 무장하고 작은 양동이를 들고 아버지를 따라나섰다.

벼를 베어낸 논은 벼 밑동만 남아있다. 그 사이사이 고인 물은 얇게 얼었다. 논두렁 바로 아래 도랑에는 물기로 흥건하였다. 아버지가 삽으로 도랑의 겉흙을 걷어내고 조금 깊숙이 흙을 떠내면 질척한 흙 속에서 꼬물꼬물 미꾸라지가 움직였다. 그 미꾸라지를 작은 양동이 안에 담는 것이 내 소임이었다. 나는 아버지를 따라 미꾸라지를 잡으러 다닐 때 적당한 굵기의 나뭇가지를 가지고 가면 좋다는 것을 경험으로 알고 있었다. 아버지가 푹 파서 놓는 흙을 뒤적일 때 나뭇가지가 안성맞춤이었다.

아버지와 논두렁 도랑마다 헤집으면서 미꾸라지를 잡다 보면 땅거미가 어스름하게 내리기 시작했다. 꽤 오랫동안 쪼그리고 앉아 미꾸라지를 잡았을까. 다리가 저리고 손가락 끝이 시렸다. 그쯤 되면 양동이 안에 제법 많은 미꾸라지가 들어있었다. 아버지는 삽을 어깨에 올리고 콧노래를 부르면서 걸었고 나는 아버지를 따라 어깨춤을 추었다.

그날 저녁 밥상에는 시래기를 넣고 끓인 추어탕이 푸짐하게 놓였다. 어머니는 커다란 항아리에서 살얼음을 깨고 동치미를 길쭉하게 썰어서 대접에 담아 올리는 걸 잊지 않았다. 시래기 대신 무를 큼직하게 썰어 넣고 끓인 추어탕도 매콤하고 맛있었다.

"아버지, 여름에 샘에 있던 송사리가 커서 미꾸라지가 된 거야?"

"허허허, 아니다. 송사리는 송사리고 미꾸라지는 미꾸라지란다."

"아버지, 가을걷이를 마쳤을 때 '아, 한것지다'라고 했잖아. 그럼 두 가지 일을 마치면 '아, 두것지다'라고 하는 거야?"

"허허허, 우리 인희가 똑똑하구나!"

"아버지, 농부는 눈 내리는 겨울에는 쉬는 거지? 농부는 봄, 여름, 가을에 열심히 일하고 겨울에는 쉬는 거지? 왜 아버지는 겨울에 쉬지 않고 새끼 꼬고, 삼태기 만들고 일만 해?"

"허허허, 농사철을 대비해서 준비하는 거란다. 미리 준비해 두어야 농사철에 요모조모 쓰지."

"아버지, 아버지는 농부가 좋아? 도시에 나가서 도시 사람으로 살면 안 돼?"

"허허허, 농부가 얼마나 좋으냐. 싫은 소리 듣지 않아도 되고 보기 싫은 거 안 봐서 좋고. 열심히 일하면 풍년이 되니. 하늘 아래 농부보다 좋은 일이 어디 있겠느냐.”

“아버지, 아버지는 농부이고 나는 농부의 딸이지?”

“그럼 그럼. 우리 인희는 아버지 딸이지. 농부의 딸이 맞지.”

“아버지, 나는 아버지가 제일 좋아. 하늘만큼 땅만큼 아버지가 좋아. 아냐 그보다 더 많이 우주보다 더 좋아.”

“저런, 아버지가 기분이 좋구나.”

“아버지, 나는 공부 열심히 해서 박사가 될 거야. 이다음에 꼭 박사가 될 거야.”

“그럼 그럼. 우리 똑똑한 인희는 박사가 될 수 있지.”

“아버지, 내가 박사 되는 거 꼭 봐야 해. 알았지? 약속해.”

아버지의 단짝이 되어 송사리를 잡고 미꾸라지를 잡을 때 아버지와 내가 주고받은 대화였다. 기억 저편에서 추억의 편린 한 조각 소환해 내고 온종일 바보처럼 헤실헤실 웃고 있다.

샛별이 떠오르다

7.
어깨에 별을 얹고

　휴일 아침 일찍부터 외출준비로 분주했다. C문학회 사무국장 업무 인계받는 날이었다. 낯선 길에 당황하지 않으려고 넉넉하게 시간을 계산하고 자동차의 시동을 걸었다. 자동차가 도로를 달리기 시작했을 때 나는 기도하기 시작했다. 나의 기도는 세상사로 눈코 뜰 새 없이 바쁜 것이 못내 죄송하여 고해성사가 되었다. 나는 부탁을 거절하지 못하는 불치를 하소연하면서 맡은 바 임무에 신실하게 일할 수 있게 해달라고 애원하듯 기도했다.

　휴일 점심시간에 임박하여 약속 장소에 도착했다. 전임 사무국장이 서류 상자를 쌓아놓고 기다리고 있었다. 나는 커다란 네 개의 상자를 살피고 인계하는 서류에 기록된 품목과 파일을 일일이

대조했다. 모든 서류를 확인하고 인수인계표에 서명한 후 자동차에 서류 상자를 실었다. 일행과 점심식사를 마치고 카페로 이동하여 커피를 사이에 두고 정다운 대화를 나누는 동안 인터넷 뱅킹 거래를 위한 공인인증서를 자신의 노트북에 복사하는 것으로 모든 인계를 마쳤다.

따뜻한 카페모카 잔을 손에 들고 침묵했다. 카페모카의 달콤한 맛보다 쓰디쓴 맛이 강하게 혀끝을 맴돌았다. 카페의 이층 창가에 앉아 별과 별 사이에 문학이 오가는 동안에도 쓸쓸하게 웃을 뿐이었다. 나는 어깨에 별을 얹었다고 생각했다. 그 별은 영롱하게 빛나는 만큼 무겁게 짓누르고 있었다.

C문학회 사무국장이 되기까지 우여곡절이 있었다. 전임 사무국장이 신변상의 이유로 사임하게 되면서 신임 사무국장을 찾는 과정에서 내 이름이 거론되었다고 했다. 작년에 한국문인협회 전국 대표자대회를 부여에서 개최했을 때 식전사회를 맡아 진행했을 때 많은 사람에게 각인되었다고 했다. 부여 지부장님은 처음에 나를 C문학회 사무국장으로 임명하자는 의견에 반대했다고 했다. 내가 올해는 큰 산을 넘어야 하니 다른 사람을 섭외하자고 했지만 이러저러하여 최종적으로 나에게 중책이 맡겨졌다. 나는 회장님과 부회장님이 적극적으로 도와주겠다는 달콤한 약속을 담보로 중책을 맡았다.

샛별이 떠오르다

나의 서재는 과부하 상태다. 책상 위에 책이 있고 노트북이 있고 서류가 쌓였다. 나는 우선 탁상용 달력을 세 개 준비했다. 달력에는 메모할 수 있는 공간이 바둑판처럼 나누어져 있다. 우선 하나의 달력에는 대학원 일정을 메모하고 대학원에 가는 날의 숫자는 파란색 매직으로 동그라미를 그렸다. 두 번째 달력에는 문학단체 일정을 메모하기로 하고 문학단체마다 색깔을 다르게 연두색과 주황색으로 표기하여 메모했다. 마지막 하나의 달력은 시댁과 친정을 포함하여 우리 가정의 행사를 메모했다.

어제 오후에 반차 휴가 냈다. 지자체 제출한 결산 서류 중 많은 부분이 보완을 요청해 왔다. 전 담당자의 요구대로 결산보고를 했는데 올해 담당자가 바뀌고 새로 요구하는 사항이 달랐다. 나는 꼼꼼하게 서류를 챙겨 지자체 담당자에게 갔다. 담당자는 서류를 일일이 대조하며 최종확인한 후 밝은 얼굴로 수고했다고 했다.

일을 하나 매듭짓고 콧노래를 부를 겨를도 없이 강의 시연 동영상을 촬영했다. 최근 새로운 과정을 배우면서 실습과제 중에 수업하는 장면 일부를 촬영한 동영상과 강의계획서를 제출해야 하는 과제 기한이 코앞이다. 동영상 시연 촬영을 위하여 교재의 자료를 PPT로 만들었다. 수업 과정 중 동영상을 촬영할 부분의 시연을 위하여 색상지에 낱말을 인쇄하여 붙이고 활동자료를 만들었다. 동영상 촬영이 끝난 후 촬영한 영상을 편집하여 실습 담당 멘토에게 전송한 후 비로소 휴식을 누릴 수 있었다.

하루는 거실에 앉아 주변을 둘러보았다. 이층으로 올라가는 계단에 짝을 잃은 양말이 흩어져 있었다. 소파 위에는 세탁을 기다리는 옷가지가 널브러져 있었다. 거실 바닥에는 머리카락이 몇 개 굴러다니고 있었다. 불과 몇 주 전만 하더라도 세탁할 옷들을 세탁기에 분류하여 넣고 세탁기를 작동한 후 계단에 있는 양말들의 짝을 찾아주고 청소기로 구석구석의 먼지를 흡입했다. 그러나 더 이상 움직일 수 없을 만큼 기력을 소진한 상태였다.

늦은 밤에 현관을 열고 마당에 서서 하늘을 우러렀다. 어둠 속에서 별이 하나씩 눈에 들어왔다. 겨울의 끝자락을 붙잡고 있는 찬바람이 옷깃을 파고들었다. 나는 우두커니 별을 주시하면서 별을 찾을 시간도 없이 바쁜 현실을 원망했다. 업무를 하나씩 맡을 때마다 자신의 어깨에 별을 하나씩 얹고 있다고 여기기로 했다. 나의 어깨를 짓누르는 별의 무게를 감지하면서 다섯 개의 별을 감당하자고 다짐하고 있다.

별에게 나지막한 소리로 내 순수한 열정이 빛바래지 않게 해달라고 말했다. 사람과 사람 사이에서 찔린 가시의 통증을 이겨내고 별에게 이르는 경지에 오를 수 있게 해달라고 하소연했다. 그 경지에 이르는 여정에서 착하고 따뜻한 미소를 잃지 않게 해달라고 기도했다.

그곳에 소리 없이 다다를 수 있게 해달라고 간절하게 기도하고 있다. 가슴에 내리는 별을 받아 안으면서 봄이 가까이 오고 있음을 감지하고 전율했다.

8.
겨울 동화

한겨울에 눈이 내렸다. 햇살이 비추지 않는 응달에 쌓인 눈은 꽁꽁 얼었다. 처마 끝에 매달린 고드름은 한낮 햇살의 온기에 녹아내리더니 영하의 기온에 다시 얼어붙었다. 겨울답게 눈이 내리고 춥고 고드름을 맺은 영하의 기온이 반갑고 고마운 마음마저 들게 한다.

유년 시절의 겨울을 그려본다. 산으로 둘러싸인 작은 산골 마을은 사계절 내내 자연이 연출하는 풍경을 병풍 삼아 파노라마처럼 펼쳐지는 진경산수화에 묻혀 지냈다. 마을에서 초등학교까지 20여 분을 걸어서 등하교했다. 지금처럼 눈이 내리고 찬 바람이 옷깃을 파고드는 겨울 등하굣길은 친구들과 삼삼오오 붙어서 다녔

샛별이 떠오르다

다. 세찬 겨울바람이 작은 체구를 날려버릴 듯 강하게 불면 친구들과 손을 맞잡고 서로 붙들고 온기를 나누면서 참새처럼 재잘재잘 떠들고 다녔다.

눈이 무릎을 덮을 만큼 많이 내린 날에는 마을 어른들이 눈삽으로 터 준 길을 따라 등교했다. 바지 끝에 동글동글하게 뭉쳐진 눈이 얼어서 방울 소리를 냈다. 꽁꽁 언 손은 아무리 입김을 불어도 쉽게 녹지 않았다. 찬 바람을 막아내지 못하는 엉성한 벙어리장갑을 끼고 눈사람을 만들고 눈싸움하면서 까르르 웃었다.

야트막한 능선을 따라 넓게 펼쳐진 동산에는 아이들이 모두 모여서 온종일 놀았다. 남자애들은 소나무 가지마다 새끼줄을 달아놓고 새끼줄을 타고 옮겨 다니면서 밀림의 왕자 타잔 흉내를 냈다. 타잔 놀이가 끝나면 두 편으로 편을 갈라 전쟁놀이했다. 나뭇가지는 총이 되고 숨어있던 상대편이 발각되면 '아무개 탕~'하고 입으로 총을 쐈다.

그 옆에서 여자애들은 소꿉놀이했다. 근처에 흐드러지게 널려있는 사금파리 조각을 주워 큰 조각은 밥솥을 삼고 작은 조각은 밥그릇 삼아 놀았다. 밤송이 속에 들어있는 속이 빈 얇은 밤 쭉정이 끝에 가느다란 나뭇가지를 연결하면 주걱이 되고 숟가락이 되었다. 나이가 많은 사람은 엄마가 되어 밥을 짓고 나이가 어린 사람은 막냇동생이 되어 밥을 먹었다. 사금파리 안에 담긴 황토 흙을 숟가락으로 퍼서 입으로 '냠냠~' 소리를 내며 먹는 흉내를 냈다.

부엉이가 우는 밤에는 꼬물꼬물 온 가족이 아랫목에 모여 김이 모락모락 나는 찐 고구마를 먹었다. 커다란 그릇에 가득 담긴 고구마와 양푼에 가득 퍼 온 살얼음 낀 동치미는 마파람에 게 눈 감추듯 순식간에 사라졌다. 유일한 간식이었던 고구마는 매일 먹어도 물리지 않았고 먹어도 먹어도 허기진 시절이었다.

수렁배미 논이 얼면 꼬마들은 죄다 논으로 갔다. 남자애들은 썰매를 타고 여자애들은 스케이트를 탔다. 아무도 스케이트가 없었기 때문에 스케이트를 타는 흉내만 내도 재미있었다. 얼음을 지치다 깨진 얼음 사이로 발이 빠져도 아랑곳하지 않고 해가 질 때까지 놀았다.

처마 끝에 고드름이 매달리면 고드름이 놀잇감이 되었다. 굵고 커다란 고드름은 남자애들 손에서 칼이 되었고 남자애들은 약속처럼 칼싸움 놀이를 했다. 수정처럼 맑은 고드름은 여자애들 손에 들어오면 아이스크림이 되어 작은 입술에서 조금씩 녹아내렸다. 꼬마들은 약속이라도 한 것처럼 아침에 해가 뜨면 모두 모여서 놀았고 저녁에 해가 지면 모두 집으로 돌아갔다.

유년 시절부터 사계 중 겨울이 가장 좋았다. 농번기에는 논과 밭에서 캄캄해질 때까지 일하는 부모님이 겨울 농한기에는 집에 있었기 때문이었다. 아버지는 겨울에도 일손을 놓지 않고 사랑방에서 새끼를 꼬고 멍석과 삼태기를 만드느라 바빴지만 어쩌다 간헐적인 기침 소리로 집안을 꽉 채웠다. 아버지의 임재는 참으로 든든했다. 아랫목에 앉아 바느질하는 엄마의 냄새가 참 좋았다. 엄마는 구멍 난 양말을 깁고 떨어진 바지에 같은 색 천 조각을 대고 기워 감쪽같이 만들었다. 삼베 조각들을 모아 촘촘하게 누벼서 보자기를 만들었다. 엄마가 기워준 양말과 바지가 부끄럽지 않았던 시절이었다.

가마솥에 노란 콩을 삶아 메주를 만드는 날에는 가마솥 한쪽에 고구마를 얹어 삶았다. 콩물이 밴 고구마는 더 달았다. 엄마는 메주를 만들면서 콩을 일부 덜어 대나무 소쿠리에 짚을 펼치고 담아서 아랫목에 두었다. 아랫목에서 이불을 덮고 며칠 지낸 콩 소쿠리에서는 지독한 냄새가 났다. 그러면 엄마는 이불을 걷어내고 짚 속에서 발효된 콩을 주걱으로 뒤적이면서 청국장이 잘 떴다고 하면서 웃었다. 그날 저녁부터는 밥상 한가운데 큼지막한 뚝배기에 청국장이 가득 담겼다.

작은 산골에 집들이 버섯처럼 옹기종기 사이좋게 모여 있었다. 해가 서산에 걸리면 약속이라도 한 것처럼 집집마다 굴뚝에서 연기가 피어올랐다. 놀다가 지친 애들이 하나둘 사라지면 애들이 놀던 동산에 둥근달이 앉아있었다. 애들이 매달린 가지마다 소꿉놀이하던 자리마다 별이 모여 있었다.

문학文學을 모르고 시詩 알지 못한 시절부터 공책을 펼치고 글을 썼다. 하늘과 땅의 기를 온몸으로 받고 정직한 아버지와 착한 엄마의 가르침을 받으면서 성장했다. 흰 눈이 내린 겨울밤 달빛에 반짝이는 눈의 결정체가 다이아몬드보다 빛났다. 파르르 떨고 있던 별들을 두 팔 벌려 가슴으로 받아 안고 심호흡할 때 문학의 유전자가 들어왔을 것이다. 시의 DNA가 내 혈맥 어딘가에 뿌리를 내렸을 것이다.

지금처럼 눈이 내린 겨울에는 그렁그렁 그리움이 맺힌다. 아마도 오늘 밤에는 창문을 열고 겨울 별을 바라보면서 밤을 지새울 것이다. 운명처럼 시어詩語를 낚아채고 전율로 몸부림치리라.

샛별이 떠오르다

9.
상견례

    토요일 아침 일찍 상견례를 위해 서울로 출발했다. 아들이 결혼하게 되어 가장 중요한 관문을 통과하는 절차였다. 대전에서 지내고 있는 딸은 금요일 저녁 집에 왔다. 남편은 토요일 일을 접었고 가족 모두 합심했다. 남편은 주말에 서울 도로가 막힐 것이라고 염려하면서 대중교통으로 가야 하나, 승용차로 가야 하나 망설였다. 대중교통이 불편하다는 두 여자의 말에 시간을 넉넉하게 잡고 승용차로 가기로 했다.

    아들과 며느리는 해군사관학교를 졸업하고 우리나라 바다를 지키는 해군 장교로 막중한 임무 수행 중이다. 두 주인공은 진해 근무지에서 당일 서울 상견례 장소로 이동하겠다고 미리 알려왔다.

진해에서 서울까지 버스로 장장 6시간의 장거리 이동이라고 했다.

서울에 접근하면서 우려했던 대로 도로가 막히기 시작했다. 차는 가다 서다를 반복하면서 거북이걸음보다 느린 속도로 움직였다. 서울까지 오는 내내 사돈댁 만날 걱정이 이만저만이 아니었다. 첫 대면에 무슨 말을 먼저 해야 하나, 어떤 말을 해야 하나 생각하면서 오늘이 무사히 지나가기를 기도했다. 막상 도로가 정체되기 시작하니 상견례장에 약속 시간에 당도할 수 있을지 걱정이 태산이었다. 약속 시간을 지키지 못하는 결례를 범하지 않기를 간절히 빌었다. 천만다행으로 정체 구간을 벗어나면서 차는 속력을 냈고 약속 장소에 늦지 않게 도착했다.

서울로 오는 자동차 안에서 딸이 "아빠, 말씀하실 때 사투리 많이 쓰지 않도록 신경 쓰세요. 아빠는 말씀이 없으실 때 표정이 어둡게 보여요. 살짝 미소 짓는 거 잊지 마세요. 그렇다고 너무 환하게 웃으면 이상하다고 생각할 수 있으니 보일락 말락 살짝 미소 지으세요. 엄마, 엄마는 워낙 말씀을 조신하게 하시니까 걱정 안 해요. 엄마, 행사에서 사회 보듯이 엄마가 대화를 주도하면 안 돼요. 아, 그리고 두 분 음식 드실 때 소리를 내지 말고 드셔요. 입은 다물고 천천히 소리를 내지 말고 드시고 남은 음식은 아깝다고 다 드시면 안 돼요. 오히려 약간 남겨도 좋아요. 아셨죠?"하고 구구절절 신신당부했다.

샛별이 떠오르다

자녀들이 어렸을 때 교육이랍시고 잔소리를 많이 했었는데, 딸의 말을 들으면서 내 모습이 오버랩되어 자꾸 웃음이 나왔다. 딸은 멈추지 않고 "엄마, 대학교 수업에서 교양과목으로 상견례 예절 등을 다루면 좋겠어요. 요즘 애들이 뭘 알겠어요?"하고 했다. 나는 딸의 말을 듣고 '저도 요즘 애들이면서~' 하고 폭소를 터뜨릴 뻔했다.

상견례 장소인 한정식 식당은 분위기가 조용하고 편안했다. 사돈댁에서 미리 와서 기다리고 있었다. 바깥사돈, 안사돈, 며느리, 언니 네 가족이었다. 아들의 안내에 따라 차례로 남편과 나, 아들, 딸이 앉았다. 맞선을 보듯 한 사람씩 마주 앉았다. 아들이 "우리 가족을 먼저 소개해 드리겠습니다. 아버지 아무개, 어머니 아무개 그리고 누나 아무개입니다."라고 소개를 마친 후 며느리가 예쁜 목소리로 "우리 가족도 소개해 드리겠습니다. 아버지 아무개, 어머니 아무개 그리고 언니 아무개입니다. 대학생 동생은 참석하지 못했습니다."라고 은쟁반에 옥구슬 구르는 목소리로 말했다.

바깥사돈께서 먼 길 오시느라 수고 많았다, 비 피해는 없나 등 일상적인 인사로 대화의 물꼬를 텄다. 다소 경직된 남편은 바깥사돈의 인사에 응수하면서 긴장을 푸는 눈치였다. 이어서 안사돈께서 나를 보면서 "이 서방에게 어머니께서 글을 쓰는 문인이라고 들었어요. 올해 박사학위를 받으셨다고 하더군요. 꿈을 위해 노력하고 결실을 맺은 훌륭한 분을 사돈으로 모시게 되어 영광입니다."라고 하면서 막힌 담을 허물었다. 나는 "아닙니다. 우리나라 사람들의 로망인 서울에서 내로라하는 사돈댁에 비하면 공자 앞에서 문자 쓰는 격이지요. 좋은 가문과 인연을 맺게 되어 큰 영광입니다."라고 말하면서 고개를 살짝 숙였다.

안사돈께서 아들을 가리켜 '이 서방'이라고 호칭할 때 기분이 좋았다. 나는 며느리를 몇 번 만났는지라 친숙하여 이름을 불러 호칭했다. 돌이켜 생각하니 안사돈께서 언짢으셨으려나, 후회막급이다. 이런저런 대화가 오가는 중간에 음식이 들어왔다. 음식은 코스요리로 상차림 할 때마다 매니저가 음식을 먹는 방법을 알려주었다. 대화가 멎으면 숟가락 소리, 음식 먹는 소리, 간간이 호흡 소리만 들렸다. 어려운 자리임을 부인할 수 없었다.

어른들 중심으로 오고 가는 대화의 방향을 예비부부의 윗사람들에게 돌렸다. 사돈처녀와 우리 딸, 둘 다 동생들을 먼저 결혼시키게 되었다. 살며시 둘에게 말할 기회를 주었다. 먼저 사돈처녀가 "동생이 결혼한다는 말을 들었을 때 가장 걱정되었던 건 사돈 어르신이었어요. 이렇게 뵙고 보니 인상이 좋으셔서 안심했어요. 동생이 잘 살 거 같아요."라고 말했다. 우리 딸도 "저도 사돈 어르신들을 뵙게 되어 기쁩니다. 예비부부가 군인 장교로서 많은 조건을 갖추었기 때문에 걱정하지 않아요. 둘이 잘 살 것 같아요."

샛별이 떠오르다

라고 인사했다. MZ세대인 사돈처녀와 딸의 말이 예의 바르고 교양 있다. 반듯한 두 가문이 인연을 맺게 되어 한없이 기뻤다.

식사를 마치고 후식으로 나온 차를 마시면서 대화를 매듭지었다. 내가 먼저 "둘이 모두 알아서 한다고 아무것도 하지 말라고 신신당부하네요. 그렇더라도 엄연히 사돈댁에 갖추어야 할 예의 법도가 있는데요. 안사돈께서는 어떻게 생각하시는지요?"라고 안사돈께 여쭈었다. 안사돈께서는 "저도 좋은 날 택일하고 싶은 욕심이 있었어요. 그러나 요즘은 예식장 사정에 따라 날짜가 정해지나 봐요. 저도 할 일을 못 했어요. 애들이 알아서 한다고 하니 믿고 맡겨요. 따로 신경 쓰지 마세요."라고 말씀하셨다.

아들이 "오늘 저희를 위해서 시간을 내주시고 축복해 주셔서 감사합니다. 저희가 잘살면서 효도하겠습니다."라고 말하고, 며느리도 "오늘 저희를 위해 모두 한자리에 모여주셔서 감사합니다. 상견례 장소로 유명한 곳이 있었는데 몇 개월까지 예약이 되어 있어서 아쉽게 이곳으로 정했습니다. 다음에 꼭 그 장소에서 식사 대접하겠습니다. 저희 잘살겠습니다."라고 말했다.

상견례를 마치고 돌아오는 길은 평안했다. 남편은 넥타이를 풀었고 잔뜩 긴장했던 딸은 뒷좌석에서 잠들었다. 자동차 안에 잔잔한 음악이 흐르고 그 선율을 타고 감사가 넘쳤다.

10.
장곡사, 모녀의 야한 나들이

내가 살던 고향은 청양이다. 청정지역 청양을 충남의 알프스라고 한다. 남양면 시골에서 초등학교와 중학교를 졸업하고 청양여자상업고등학교(현 청양고등학교)를 다니던 여고 시절에는 청양 읍내를 누볐다. 그때 그 제과점에는 아직 별사탕이 있을까. 그 골목에 있는 칼국수 식당은 아직도 해산물을 가득 넣어 줄까. 그때 친구들과 읍내에 있는 우산성牛山城에 올랐던 기억이 봄날 아지랑이처럼 가물가물 떠오른다.

대중가요 '칠갑산'의 가사에 나오는 콩밭 매는 아낙네는 우리 엄마를 모델로 한 것만 같다. 엄마는 여름 내내 콩밭을 맸다. 내가 출가하여 자녀를 낳은 후에야 엄마의 서글픈 사연을 알게 되었

샛별이 떠오르다

다. 엄마는 이런저런 힘든 일이 있을 때마다 호미 들고 밭으로 달려갔다고 했다. 콩밭에 앉아 잡초를 매면서 속상한 마음을 털어놓았다고 했다. 엄마의 꿈이 와르르 무너진 때도 콩밭에 앉아 꺼이꺼이 울었다고 했다. 한바탕 하소연하고 나면 후련했다고 했다. 밭고랑에 퍼질러 앉아 통곡하고 나면 견딜 수 있었다고 했다. 한여름 크게 자란 콩밭은 엄마의 몸을 숨길 수 있는 은신처로 충분했으며 사람을 붙잡고 할 수 없는 내밀한 사연을 쏟아내기에 최적의 장소였을 것이다.

엄마가 하늘나라로 떠난 후 아버지는 동구 밖에 있는 엄마의 무덤을 운동 삼아 다녔다. 엄마는 우리 6남매가 어렸을 때 대처로 나가자고 노래를 불렀다고 했다. 아버지와 엄마, 둘이 무슨 일을 해서라도 6남매 가르치지 못하겠느냐며 으름장을 놓기도 했다고 했다. 아버지는 엄마의 소원을 거절하고 큰댁을 우선으로 섬기면서 고향을 지켰다. 아버지는 엄마가 돌아가신 후 엄마의 무덤가에 꽃을 심고 가꾸면서 십수 년을 혼자 지냈다. 아버지도 엄마의 곁으로 여행을 떠났을 때 우리 남매들은 고향을 잃었다. 부모님이 없으면 고향도 없는 것과 다름없었다.

청양은 수구초심首丘初心의 본향이다. 가없이 추억을 향하여 흔드는 영원한 노스탤지어의 손수건이다. 최초의 별, 중학교 때 국어 선생님을 만난 곳이다. 문학이 무엇인지도 모르면서 시작 노트를 옆에 끼고 코스모스꽃 속에 누워 푸른 하늘을 보며 울먹이던 철없는 계집아이가 자란 곳이다. 가을밤 잠 못 이루던 소녀를 창호지 문틈으로 유인하여 황토 마당으로 이끌고 가슴에 한가득 별을 쏟아부어 준 잊을 라야 잊을 수 없는 곳이다.

딸이 대학을 졸업하고 집에서 취업을 위한 공부를 했었다. 직장에서 귀가한 후 딸의 얼굴빛을 살피는 것이 중요한 일상이 되었다. 시간이 흐르면서 갓 졸업했을 때 오동통했던 얼굴이 핼쑥해지고 있었다. 참새처럼 맑고 투명하게 조잘조잘하던 목소리는 점점 잦아들었고 책상에 붙박이 된 모습이 애처롭기 그지없었다. 딸이 어렸을 때는 이래라저래라 잔소리했었지만 성인이 된 딸 앞에서는 침묵이 최선이었다. 스스로 좌표를 정하고 그 노선에서 고전분투하는 딸을 보면서 세상에서 가장 착한 마음으로 기도했다.

딸의 한숨 소리가 유난히 크게 들리던 날이었다. 저녁 식사한 뒤였으니 늦은 시간이었을 것이다. 나는 딸의 방문을 노크하고 잠깐 드라이브 가자고 설득했다. 평소 드라이브를 좋아했던 딸을 잠시라도 바깥으로 데려가고 싶었다. 그렇게 엄마와 딸의 밤 외출이 시작되었다. 부여에서 청양 칠갑산 자락에 있는 장곡사까지 자동차로 편도 40분 거리였다. 자동차의 속력을 빠르지 않게 운전하면서 딸의 말에 귀 기울였다. 딸은 집에서 공부하는 건 호강이라고 했다. 친구들이 집 떠나서 독서실에서 공부하면서 굶기를 밥 먹듯이 하는 것과 달리 자신은 엄마가 해 준 밥을 먹으면서 편안하게 공부할 수 있어서 행복하니 걱정하지 말라고 했다. 자동차가 부여를 벗어났을 때 차창을 내리고 딸에게 마음껏 소리 지르라고 했다. 답답한 가슴이 뻥 뚫릴 수 있게 크게 소리 지르라고 했더니 딸은 '아~~, 야호~~, 하하하~~' 마음껏 소리를 질렀다. 장곡사 주차장에 도착했을 때는 사방이 어두컴컴했으나 혼자가 아닌 둘이었기에 조금도 무섭지 않았다.

그 후로 모녀의 야夜한 나들이는 계속되었다. 저녁 식사 후 아빠는 휴식을 취하고 엄마와 딸은 아빠 몰래 빠져나와서 하하 호호 까르르 웃으면서 어둠을 뚫고 장거리 불사하고 장곡사를 찾았다. 처음 장곡사를 향할 때는 부여를 벗어나서 한숨 돌릴 수 있을 만큼의 거리에 있어서 드라이브 코스로 안성맞춤이라고 생각했다. 생각보다 딸도 장곡사로 드라이브 가는 것을 좋아했다. 엄마와 딸이 장곡사로 야夜하게 드라이브하면서 공유한 시간은 천금보다 값진 추억이 되었다.

봄밤에는 차 안으로 벚꽃의 향기가 비집고 들어와서 모녀의 수다를 들었다. 여름밤에는 매미들의 노랫소리가 모녀의 수다보다 커서 방해가 되었다. 가을밤에는 낙엽의 수런거림이 별빛에 압도되어 신음으로 변했다. 겨울밤에는 그야말로 탄성을 지를 수밖에 없었다. 장곡사에 도착했을 때 갑자기 눈이 펑펑 쏟아졌던 날이다. 딸은 눈길 운전 걱정으로 울상이 되었고 나는 눈길 운전이 낭만적이지 않겠냐며 호탕하게 웃었다. 그날 눈길을 운전하느라 손에 땀이 났지만 낭만을 만끽했던 것도 부인할 수 없다. 모녀는 함박눈이 내리는 밤에 주체하지 못하는 기쁨으로 집에 도착할 때까지 흥분하여 떠들었다.

대전에서 직장 생활하는 딸이 이따금 "엄마, 그때 드라이브로 갔던 장곡사, 참 좋았지요? 지금도 그때 생각하면 얼굴에 웃음이 번져요. 제가 공부할 때 엄마가 참 잘해주셨어요. 먹고 싶은 거 먹고, 종종 드라이브하고. 제가 우울하면 안 된다고 예쁜 옷도 계절마다 사주셨어요. 제가 잘할게요. 그런데 엄마, 그때 왜 장곡사를 드라이브 장소로 선택했어요? 부여도 갈 곳이 많은데요. 어쩌다 궁금해질 때가 많았어요."하고 말하곤 한다.

딸에게 들려주고 싶은 말이다. 청양은 온통 그리움이다. 지천명의 중턱에 앉아 즐거울 때나 외로울 때 주체할 수 없이 파고드는 그리움을 감당할 이유를 찾아야 했다. 유년 시절 유치했던 꿈과 소녀 시절 아름다웠던 추억을 고스란히 간직하고 있는 곳, 그곳에 가고 싶었다. 세파에 시달린 팍팍한 마음을 맑게 씻어주고 따뜻하게 안아줄 어머니 품속 같은 그곳에 수시로 가고 싶었다. 장곡사는 내 모든 그리움이 만든 궁여지책이었을지도 모른다. 불현듯 장곡사로 떠나고 싶은 불치는 호전될 기미가 전혀 없다.

샛별이 떠오르다

11.
어머니의 봄

벚꽃은 소리 없는 폭죽이 되어 소담하게 폭발했다. 어쩌다 자동차로 이동할 때 차창으로 스치는 벚꽃을 보았을 뿐 그 보드라운 꽃잎을 만져보지 못했다. 벚꽃을 배경으로 사진을 촬영하지도 못했다. 마음의 빗장을 걸어두고 무심하게 출퇴근하고 생활하고 있었다. 꽃잎이 난분분하게 낙화하여 아스팔트 위에 눈처럼 흩날리는 모습을 보면서 가슴에 예리한 칼날이 긁고 지나가듯 쓰리고 아팠다.

이때쯤이면 어머니하고 집 주변에 산재한 머위로 저녁 밥상을 차리고 양념한 고추장에 싸 먹었을 것이다. 마당 가 텃밭에 상추를 심었다고 넌지시 말씀하셨을 것이다. 해마다 쑥을 뜯어 떡을 했는데 작년에는 힘들다고 하지 않았다. 그때부터 어머니는 이것 저것 힘들었을지 모른다고 뒤늦게 깨달았다.

어머니를 뵈러 가기로 했다. 산새 소리 들리고 쌉싸름한 머위나물이 있는 어머니 집이 아닌 대전에 있는 재활병원으로 가면서 만감이 교차했다. 갓 결혼하고 시댁 기일에 음식 준비하다가 실수해서 벼락같은 호통을 들었을 때가 생각났다. 어머니가 나물을 무치라고 하셨을 때 고춧가루를 넣고 무쳐서 혼났다. 그때 어머니는 호랑이처럼 무서웠고 시댁에 가면 실수하지 않으려고 긴장하곤 했던 일이 아스라이 멀어지고 있다.

시간이 흐르고 흘러 강산이 세 번 바뀐다는 세월을 지냈다. 어머니 집 근처에 살기 때문에 무시로 드나들면서 오랜 세월을 공유했다. 시간이 시나브로 흐르는 동안 호랑이 같은 어머니는 무섭기보다 남편의 불만을 미주알고주알 일러바칠 수 있는 든든한 지원자가 되었다. 추석에 송편을 만들면서 이런저런 대화를 나눌때 어머니가 '너나 내나 이 집안 며느리'라고 했을 때 주억거렸다. 그때 비로소 어머니하고 같은 편이라는 동질감을 느꼈다.

어머니는 작년 시아버님 기일을 지내고 다음 날 병원에 가기로했다. 밤에 어머니하고 헤어질 때 간단한 시술이니 당일 퇴원이가능하다고 해서 다음 날 다시 오겠다고 하며 밝게 웃으면서 인사

샛별이 떠오르다

했다. 그러나 어머니는 수술 도중 심정지 되어 위중한 상태로 중환자실에 입원했다. 천만다행으로 의식이 돌아와서 재활전문병원에서 재활치료를 받고 있다. 어머니 면회를 다녀올 때마다 혈색이 좋고 웃는 얼굴로 이런저런 말씀을 많이 해서 걱정을 내려놓게 되었다.

어머니 병실에 도착한 시간이 오후 5시가 조금 넘었다. 눈을 감고 누운 어머니를 깨워 손을 잡고 인사를 나누다 보니 저녁 식사가 나왔다. 어머니 저녁 식사를 직접 챙겨드리고 싶어 쟁반에 놓여있는 음식 뚜껑을 열고 숟가락으로 음식을 조금씩 떠서 입에 넣어드렸다. 간병인이 어머니가 직접 숟가락으로 먹을 수 있다고 해서 숟가락을 잡을 수 있게 도와드렸다. 그러나 어머니는 고개를 가로젓고 미간을 찡그렸다. 나는 이런저런 말을 하면서 음식을 떠서 입에 넣어드리고 쉬엄쉬엄 물을 드렸다.

어머니 침대에서 창밖을 보면 산이 보였다. 나무마다 연두색 잎을 틔우고 듬성듬성 산벚꽃이 있어서 풍경이 좋았다. 산 풍경을 보라고 말씀드렸으나 어머니는 아무런 대꾸가 없었다. 남편이 산을 가리키면서 예쁜 풍경 보고 좋은 생각을 하라고 해도 고개를 가로저었다. 음식도 드시지 않으려고 하셨으나 입에 넣어드리면 마지못해 드셨다. 간병인이 약을 드릴 때도 입을 다물고 먹지 않으려고 했다. 남편이 어머니, 어머니하고 부르면서 어떻게든 약을 드시게 하려고 애쓰는 모습이 애처로웠다.

남편이 어머니 기분을 좋게 하려고 휴대전화를 열고 손자 사진을 보여주며 '엄마, 증손자 보세요. 잘 생겼지요?' 했을 때 잠깐 어머니 눈이 빛났다. 그러나 이내 힘없이 축 늘어진 모습으로 초점 없이 허공을 주시하다 눈을 감았다. 힘없이 손을 내저으며 가라고 했다. 병실을 나오면서 발걸음이 오늘처럼 무거웠던 적은 없었다고 생각했다. 가로수 벚나무마다 꽃잎을 떨구고 잎을 짙게 채색하는 모습을 보면서 화무십일홍花無十日紅이란 상투적인 말을 곱씹었다.

봄에 태어나서 이름에 춘春 자가 들어있는 어머니. 어머니가 태어나던 날은 어땠을까. 진달래꽃이 산사태를 이루고 들꽃들이 지천으로 피어서 봄을 노래했으리라. 노란 나비 하늘하늘 춤출 때 어린 아기도 까르르 웃으면서 춤을 추었을 것이다. 긴 머리 곱게 빗어 양 갈래 땋아 묶은 소녀는 봄바람이 살랑살랑 불어올 때 어떤 꿈을 꾸었을까. 한 남자를 만나 살아온 달콤한 시절은 일장춘몽一場春夢이 되어 사위어 가고 든든한 울타리가 되어 준 자식들 덕에 어깨 힘주고 당당하게 지낸 여인, 어머니. 당신 걸어온 길 굽이굽이 꽃이 피고 지고 더러는 비바람 불었어도 괜찮았다고 하시던 때가 엊그제 같은데…….

샛별이 떠오르다

집으로 돌아오는 길은 어둠이 짙게 내리고 있었다. 나는 어머니의 봄은 아직 끝나지 않았다고 몇 번이고 혼잣말했다. 이 봄이 가고 여름, 가을, 겨울이 지나고 다시 오리라. 어머니의 찬란한 봄은 다시 오리라 믿는다.

오솔길을 따라 걸어가다 보면 별에게 다다를 것이라는 믿음이다.

사람과 사람 사이를 벗어나서 별과 별 사이에 좌표를 정하고 북극성을 따라 돌면 별이 되고 싶은 꿈이 현실이 되리라는 굳건한 믿음이다. 사람과 사람 사이 착하고 따뜻한 언어로 집을 짓는 작업-글쓰기-을 지속하겠다고 다짐한다.

제3부
오솔길을 따라서

1.
오솔길을 따라서

21세기 첨단 IT 시대에 살면서 오솔길을 선택하고 그 좁은 길을 걷겠다고 하면 무슨 말을 들을까. 나는 별을 만날 수 있다면 시·공간을 초월하여 수단과 방법을 총동원하겠다고 입버릇처럼 말하고 있다. 나의 글 행간마다 간절한 기도문처럼 그 문장을 삽입하는 것을 서슴지 않고 있다.

아침마다 자동차를 운전하여 출근하는 길은 오솔길을 따라 숲속으로 들어가는 양 신비로운 감동이다. 읍내를 벗어나서 외곽에 있는 조립식 사무실로 출근하기 시작한 첫날부터 자리 잡은 서정이었다. 작년 11월 중순에 읍내 중심지에서 이곳 시골로 이사한 후 두 달째 황홀한 출퇴근이다.

시골의 저녁은 사방이 캄캄하고 고요하다. 퇴근할 때 자동차의 불빛이 고즈넉한 마을을 수평으로 가로질러 포물선을 그리는 별빛이라고 생각하곤 한다. 언젠가는 마을 한복판으로 난 길을 지날 때 두 마리의 짐승이 우왕좌왕하는 모습을 목격했다. 자동차 불빛을 향하여 짐승들이 주시하는 모습을 보고 당황했다. 그 짐승들이 자동차로 달려오면 참사를 면키 어렵겠다는 생각이 섬광처럼 떠오른 일순간 나는 벌벌 떨면서 자동차 경적을 울렸다. 다행히도 짐승들이 자동차 경적을 듣고 화들짝 놀라는 모습을 보이더니 잡목 속으로 달려갔다. 고라니 두 마리가 산에서 내려왔다가 나를 놀라게 하고 자동차 경적에 그들도 놀라서 되돌아갔다.

사무실에서 읍내로 가는 길이 두 갈래다. 마을을 가로질러 가는 길은 구불구불하여 양지와 음지가 교차한다. 음지는 3주 전에 내린 눈이 아직도 녹지 않고 쌓여있고 더러는 빙판길이다. 다른 길은 대로에 닿는 길이라서 넓고 안전하여 내가 주로 이용하는 길이다.

대로에 닿는 길에서도 고라니를 만난 적이 있었다. 그때도 퇴근길이었으니 어둑어둑했다. 사무실에서 대로에 접하는 길은 채 300M가 되지 않는 단거리다. 자동차를 운전하여 가고 있을 때 키 큰 들풀이 우거진 논두렁에서 짐승이 뛰쳐나왔다. 하마터면 그 짐승과 자동차가 충돌할 뻔했다. 대로로 접어들기 위해 속도를 늦추었기 때문에 천만다행으로 그들과 충돌을 피할 수 있었다.

사람들이 이구동성으로 고라니의 천적이 없어서 그 개체가 기하급수로 늘어나고 있다고 한다. 농가에서는 고라니들이 농작물을 망쳐서 피해가 이만저만이 아니라고 아우성이다. 시골과 잇닿은 대로에서 로드킬 당한 그들의 처참한 모습을 보는 것은 어렵지 않다. 그들이 퇴근길에 불쑥 나타나서 그들과 내가 쌍방으로 놀랐던 것이었다.

그 후로 퇴근길에 자동차에 시동을 걸고 짧은 기도를 한다. 이쪽 길이든 저쪽 길이든 고라니를 만나지 않을 길을 선택한 후 그들을 만났던 지점에서는 주춤하면서 멈출 듯이 천천히 아주 천천히 미끄러지고 있다. 그렇게 아슬아슬하게 지점을 벗어나서는 이내 허전하다고 느낀다. 나의 오락가락하는 심정은 알다가도 모를 일이다.

오늘 아침 출근길에 온몸을 떨면서 전율했다. 집에서 출발하여 대로를 벗어난 후 마을로 들어서면서 도로는 좁아지고 있었다. 희뿌연 안갯속을 헤치고 달리는 자동차 차창으로 스치는 가로수는 일제히 거수경례하며 도열하는 늠름한 장교의 모습이었다. 차창의 좌우로 가까운 산과 먼 산이 교대로 다가오고 있었다. 그 산들의 발치에는 뱀이 지나간 자국 같은 잔설이 남아있었다. 내가

오솔길을 따라서

좋아하는 눈을 보았다고 전율했던 것이 아니었다.

마을에서 조금 비켜서 작은 능선에 서 있는 나목의 모습을 보고 찰나에 탄성을 질렀다. 나목의 가지마다 하늘을 받치고 있었는데 그 가지 끝의 색이 샛노랗게 물들고 있었다. 얼핏 연두색으로 보이기도 했다. 아직 겨울이 한창이다. 그 한복판에서 나목의 가지는 한껏 물을 들이켜고 생명을 잉태할 준비를 한다고 생각하니 가슴이 두근두근 불규칙적으로 뛰기 시작했다. 어쩌면 산등성이 아랫도리 잔설 속에서도 대지의 생명이 기지개를 켜고 있으리라 넘겨짚었다. 나는 사계 중 눈 내리는 겨울을 몸부림치며 좋아한다. 그 절정에서 새로운 계절을 맞이하는 기다림도 그 못지않은 설렘이다.

겨울이 마지막 미련을 거두어들이는 모습은 어떤 모습일까. 겨울의 그림자 끝에 바짝 다가오는 봄의 발걸음은 어떤 보폭으로 어떤 빛으로 다가올까. 내가 해마다 연중행사처럼 보내고 맞이하는 계절의 자리바꿈을 굳이 새롭게 채색하는 이유는 무엇인가. 내가 자신의 궤도를 따라 돌 듯 계절 또한 그들의 윤회를 맴돌 뿐일 텐데…….

오솔길을 따라 걸어가다 보면 별에게 다다를 것이라는 믿음이다. 사람과 사람 사이를 벗어나서 별과 별 사이에 좌표를 정하고 북극성을 따라 돌면 별이 되고 싶은 꿈이 현실이 되리라는 굳건한 믿음이다. 사람과 사람 사이 착하고 따뜻한 언어로 집을 짓는 작업-글쓰기-을 지속하겠다고 다짐한다. 별과 별 사이 아름다운 빛과 향기를 줄 수 있는 거룩한 수고를 멈추지 않으리라 결심한다. 그 오솔길을 가는 동안 시나브로 영롱한 별이 되리라 믿는다. 출퇴근 길이 그 오솔길이라는 믿음이 종교처럼 깊어진다.

오솔길을 따라서

2.
별을 사랑하는 마음으로

잰걸음으로 세밑에 다다라서 호흡을 가다듬는다.

자의 반 타의 반으로 숨 가쁘게 걸어온 길을 되돌아본다. 때로는 바쁘다는 이유로 절규했다. 피자를 나누듯 나날을 가르고 시간을 균등하게 나누어 여기, 저기, 거기에 할애했던 시간이 바람에 스치는 별빛으로 아련하게 다가온다.

대인춘풍待人春風 지기추상持己秋霜.

사람과 사람 사이 봄바람과 같이 부드럽게 하고 자신에 대해서는 가을 서리처럼 엄격하게 하자고 틀을 만들고 스스로 덫에 걸려 헤어나지 못하고 있다. 왜 그렇게 사는지 수없이 자문自問한다. 그것이 내가 사는 이유라고. 천만번 돌이켜 생각해도 그렇게 살 수

밖에 없다고. 어쩌면 그렇게 사는 것이 운명일지 모른다고. 실소를 머금고 자답自答한다.

거울에 있는 모습을 보듯 내면 깊은 곳을 들여다본다.

덕지덕지 분칠하고 웃고 있는 피에로의 형상 뒤에 있는 슬픈 실체를 발견한다. 홀로 있을 때조차 마음껏 울지 못하는 슬픈 그림자 하나 애처롭게 떨고 있다. 큰 슬픔이 작은 기쁨을 삼켜 버릴까 두려움에 떨어야 했던 시간과 소담한 행복이 시기와 질투를 일으켜 불행으로 변할까 염려했던 순간이 씨실과 날실이 되어 순백의 천을 직조한다.

이 또한 지나가리니!

가파른 언덕을 오르다가 호흡이 턱에 닿아 힘든 상황에 놓였을 때 나지막이 혼잣말로 뱉어냈다. 기쁨으로 황홀했던 절정의 순간에 차마 입으로 뱉어내지 않았지만 차가운 이성으로 그 말을 떠올리면 활활 타는 장작불 속에 찬물 한 바가지 끼얹은 듯 싸늘해진다. 때로는 고난을 감내하면서 시원한 쾌감을 느끼는 경지에 이르게 되었다.

동전의 양면 같은 것이다.

삶은 동전의 양면 같은 것일지도 모른다. 슬픔이 지나가면 기쁨이 오고 어둠이 다하면 빛이 비치는 것과 다르지 않다는 것을 깨

오솔길을 따라서

달았다. 골짜기가 깊을수록 높은 산과 같은 맥락이리라. 깊은 슬픔의 골짜기에서 높은 기쁨의 봉우리를 볼 수 있는 혜안을 갖게 되었다. 시간이 가르쳐 주었고 세월이 깨닫게 해 주었으니 나이 듦이 영 서러운 것만은 아니다.

내게 악인이 누군가에게는 선인일 수 있다.

누군가 내게 이렇게 말했을 때 홍두깨로 맞은 것처럼 어안이 벙벙했다. 예까지 오는 동안 미처 깨닫지 못했던 말이다. 그래서 어리석었던 것일까. 내게 독사처럼 악을 자행한 사람이 다른 사람들에게는 천사처럼 행동할 때 역겨웠던 적이 있었다. 역으로 내게 은혜를 베푼 사람이 다른 사람들에게는 나쁜 사람일 수도 있다. 나 역시 예외가 될 수 없다는 결론에 다다르니 겸손하지 않을 수 없다.

왜 경지를 향하여 오르는가.

누가 정해준 목표가 아니었다. 애당초 경지를 향한 출발선상에 서기까지 숱한 망설임이 있었다. 막상 푯대를 향하여 첫걸음을 떼었을 때부터는 전력으로 질주했다. 여정에서 널따란 바위에 앉아 잠깐이라도 쉬면 떠나온 걸 후회하게 될까 두려웠다. 목적지는 멀고 출발지는 가까웠다. 경지를 향한 노정에서 입이 바짝 마르고 타들어가 힘들어도 외마디 신음조차 뱉을 수 없었다. 지켜보는 것도 만만치 않을 터였다. 힘든 그림자를 드리울 수 없어서 억지웃음일지언정 활짝 웃으면서 걷고 또 걸어서 목적지에 다다랐다.

고개를 깊게 숙인다.

벼 이삭은 탐스러운 알곡의 무게로 인하여 고개를 숙인다. 마루에 오르는 여정은 뾰족한 자만을 깨뜨리고 날 선 오만을 갈아 부드럽게 하는 훈련의 연속이었다. 한없이 미약하고 어리석은 자신을 깨닫는 순례의 길이었다. 고된 여정이 다한 후 가슴에 뜨거운 불덩이 하나 품고 사는 천형을 운명으로 받아들이고 겸허하게 엎드리어 복종하게 되었다.

분명 여전하지 않다.

외양은 달라진 게 없다. 평범하고 일상은 여전하고 그만그만하다. 그러나 스스로 회심의 미소를 짓는다. 낭중지추囊中之錐의 표상이 되리라. 주마가편을 멈추지 않으리라. 또다시 경지를 정하고 여장을 채비한다. 고독한 순례의 길을 떠나고자 심호흡한다.

별을 사랑하는 마음으로!

나의 모든 귀착지는 별이다. 내가 사는 이유가 별이요 글을 쓰는 이유도 별 때문이다. 내가 슬픈 건 별이 외롭기 때문이다. 내가 행복한 건 별이 호탕하게 웃기 때문이다. 거기 그 자리에서 빛나는 별이 있기 때문에 하늘을 우러르면 저절로 웃음이 난다. 별을 사랑하는 마음으로 가장 착하고 가장 따뜻하게 지낼 수 있다고 당차게 고백한다.

3.
궁남지 연가

    나의 부여부심扶餘負心은 하늘을 찌른다. 결혼 전에는 부여에 한 번도 오간 적 없었다. 결혼 후 부여에 살기 시작하여 올해 30년이 되었다. 내가 태어난 고향보다 더 오래 살았고 앞으로도 부여를 떠날 생각이 추호도 없으니 부여는 내 고향이나 다름없다.

    흔히 부여하면 백제의 마지막 도읍지 사비성泗沘城을 연상한다. 그리고 이내 의자왕과 삼천궁녀를 소환하고 황산벌로 오천결사대를 진두지휘하며 말달렸던 백제의 마지막 수장首長 계백장군을 거론한다. 부여는 발길 닿는 곳마다 한恨 서린 곳이요 마지막 왕조의 설움을 품고 있는 도시이다.

부여에 살면서 내게 거룩한 사명감이 생겼다. 학창 시절 교과서에서 배웠던 역사가 전부가 아니라는 것이다. 역사는 승자의 기록이다. 승자는 정복을 합리화하기 위해 역사를 왜곡했고 승자의 잣대로 재단하고 오명을 덧씌웠다. 나는 끊임없이 독서하고 공부하면서 부여에 있는 백제 역사의 진실을 찾고 사람들에게 알리고 싶었다. 국립부여박물관 전시실 해설 자원봉사를 하면서 단체 관람객들에게 백제 역사의 진실을 전할 때 한층 더 큰 목소리로 역설했다.

궁남지를 산책하면서 천사백 년을 역주행하는 타임머신에 탑승한다고 여긴다. 궁남지宮南池는 백제 때 만든 인공 연못이다. 『삼국사기』는 백제의 무왕 35년에 궁궐 남쪽에 이십 여리나 떨어져 있는 곳에서 물을 끌어다가 연못을 만들고 주변에 버드나무를 심었다고 전한다. 궁의 남쪽에 있는 연못이라 하여 궁남지宮南池라 일컬었다. 또한 『삼국유사』에는 무왕의 탄생설화가 실려있다. 무왕의 어머니가 용을 품고 잠을 잔 후 무왕을 낳았다고 기록되어 있다. 궁남지 한가운데 있는 정자 포룡정抱龍亭은 역사를 고스란히 대변하고 있다.

부여군에서는 궁남지 주변에 연지를 조성하고 연꽃이 만개하는 7월에 전국적인 축제인 부여서동연꽃축제를 개최한다. 축제가 열리면 천만 송이 연꽃이 피는 궁남지에 관람객들로 인산인해를 이룬다. 올해(2024년) 제22회 부여서동연꽃축제는 7월 5일부터 7월 7일까지 3일간 개최한다.

궁남지에 연꽃이 피면 무아지경이 따로 없다. 홍련의 빛깔은 태양을 닮아 붉게 상기되고 백련의 빛깔은 하얗게 달빛을 투영시킨다. 물 위에 떠서 핀 수련도 각양각색이다. 빅토리아 수련은 열대 지역에 서식하는 수생식물로 지름 최대 2m 정도의 거대한 잎과 향기로운 꽃을 가지고 있다. 거대한 잎은 어린아이를 거뜬히 떠받칠 수 있다고 한다. 영국의 빅토리아 여왕을 기념하기 위해 붙여진 이름이라고 한다.

궁남지는 무왕과 선화공주의 사랑이 깃든 곳이라는 대명사답게 연인들의 장소다. 사랑하고 싶은 연인들이 궁남지에 오면 사랑이 이루어진다는 표어는 달콤하다. 궁남지 연지를 따라 산책할 수 있는 길은 여러 갈래다. 연지가 시골 논처럼 형성되어 있고 구분 지은 둘레는 산책로다. 연꽃을 보면서 산책하다가 곳곳에 있는 정자에서 쉴 수 있다. 궁남지 둘레에는 중앙에 있는 포룡정을 향하여 벤치와 그네가 곳곳에 있어서 산책과 휴식을 동시에 할 수 있다.

나는 궁남지를 즐겨 찾는다. 생활 속에서 여백이 있을 때마다 발길이 향하는 곳이 궁남지이다. 연꽃이 핀 여름밤에 궁남지를 거닐다 보면 은은한 연꽃의 향기에 휩싸인다. 낮에는 연꽃의 빛깔에 매혹되고 밤에는 아름다운 빛깔이 뱉어내는 향기에 취한다. 궁남지 주변의 버드나무 가지마다 매달린 매미들이 일제히 합창할 때면 귀가 따갑다. 온갖 상념들이 얽히고설키어 복잡할 때도 궁남지를 찾는다. 연지를 산책하면서 생각을 비우고 마음의 짐을 내려놓으면 후련해진다. 무언가 간절히 원하는 것이 있을 때도 궁남지를 산책하면서 하늘을 향하여 간구한다.

궁남지의 가장 바깥 산책로를 선택하여 걸으면 절로 운동이 된다. 서쪽 끝에서 걷기 시작하여 반대편 끝에 다다르면 백제오천결사대출정상이 있다. 동상을 만든 조각가의 해설을 들었을 때 두 손에 힘을 주었던 기억이 생생하다. 작가는 당신 생전에 그렇게 큰 동상을 다시는 만들 수 없다는 비장한 마음으로 혼신을 다했다고 했다. 백제오천결사대출정상 앞에 서면 사비성이 함락되던 날의 절규가 들린다. 죽기를 각오하고 전쟁터로 간 계백장군과 오천 병사의 함성으로 전율한다.

역사를 잊은 민족에게 미래는 없다. 온고이지신溫故而知新을 되새긴다. 천사백 년 전 백제와 21세기 사이에 있는 나는 누구인가. 내 혈맥을 타고 흐르는 백제의 DNA가 불끈하고 요동친다.

연꽃의 아름다운 빛깔과 향기가 휘감고 있는 궁남지에서 왜 이토록 뜨거운 연가를 불러야 하는지 역사 앞에서 절규한다.

4.
절정

    회색빛 하늘 아래 자동차는 울퉁불퉁한 강변을 거북이걸음으로 지나간다. 강가에서 나목이 일제히 도열하는 모습이 장엄하다. 나무들은 강을 바라보고 버티고 서있다. 마치 강과 육지의 경계선이 되어 서로 침범하지 못하게 지키는 파수꾼처럼 바짝 군기 잡은 모습이다.

    한겨울의 강은 무심히 흐르고만 있다. 바람이 물살을 어루만져도 크게 동요하지 않는다. 한 번쯤 멈칫하고 돌아볼 만도 하련만 눈길조차 주지 않는다. 능선에 기댄 태양이 강물을 희살 짓는다. 백제 여인의 정절을 끌어안고 침묵하는 강물을 바라보고 별 하나 말이 없다. 강을 바라보고 있던 통나무 그네가 자취를 감추었다.

한참을 빈터에 서서 하염없이 강물을 바라보다 돌아섰다.

체념의 늪에 깊이 빠져들고 있는 자신을 발견하고 냉소를 깨문다. 팔을 걷어 올리고 열정적으로 일하던 모습은 오간 데 없다. 무엇이 이토록 싸늘하게 만들었을까.

예까지 오는 동안 치열했던 시간을 돌이켜 본다. 경지를 향하여 오르는 길이 험난하였다. 그 벅찬 노선에서 이것과 저것을 병행하면서 살얼음판을 걷는 심정이었다. 따뜻한 도움의 손길보다 팔짱 끼고 주시하는 차가운 시선을 감내하느라 등줄기에서 식은땀이 흘렀다. 주먹을 꼭 쥐고 할 수 있다고 외마디 기도문으로 자위했다. 감상에 젖어 흐르는 눈물조차 사치라고 밀치면서 업무에 매달렸다.

동분서주하면서 대학원 논문 심사를 마치고 인쇄하였다. 학술정보연구서비스에 등재되었다는 최종 통보를 받았다. 이것과 저것 정산을 마치고 서류를 제출하였다. 회계감사를 통과하고 총회를 준비하는 동안 우리 기관에 심사를 다녀와야 하는 막중한 임무가 있었다. 수년 동안 사업을 수행하지 못한 기관을 위하여 최선을 다하고 싶었다. 심사 자료를 PPT로 작성한 후 발표 연습을 반복해서 했다.

당일 기관에 도착한 후 5분 이내로 발표하고 질문에 답하라는 요청에 긴장하기 시작했다. 다른 단체들은 따뜻한 대기실에서 도란도란 이야기를 나누고 있었다. 나는 차가운 복도에서 휴대전화를 열어 시간을 맞추면서 연습을 반복하였다.

차례가 되어 심사장에 들어섰을 때 온몸이 굳어졌다. 심사위원들의 책상에 가득하게 놓여있는 타 단체들의 실적물이 눈에 들어왔다. 우리 기관은 제출한 신청서와 PPT 자료뿐이었다. 단 5분 브리핑으로 사업에 선정되어야 한다는 부담이 바윗덩어리가 되어 심장을 압박했다. 우리 기관의 우수성을 역설한 후 쏟아지는 질문에 의연하게 대처했다. 주먹을 꼭 쥐고 최대한 예의를 갖추고 할 수 있는 한 정성을 다하여 답변했다. 지금까지 그토록 간절했던 순간이 있었을까.

심사를 마치고 돌아오는 자동차 안에서 외마디 기도뿐이었다. 꼭 선정되게 해달라고 애원했다. 우리 기관에 희망을 주고 싶었다. 새해에 좋은 일을 안겨주고 싶었다. 우리 기관이 다시 명성을 찾고 기관에 강사들로 문전성시를 이룰 수 있다면 더 바람이 없었다. 천만다행으로 그 바람이 이루어졌다.

체념의 늪에서 기지개를 켠다. 다시 열정적으로 지내리라 다짐해 본다. 원점으로 돌아가서 다시 시작하는 마음으로 지내리라 다짐해 본다.

 밤하늘 더듬어 별을 찾는 일을 시작하기로 한다. 내가 별 헤는 시간이 가장 순수하게 빛나는 순간이었다. 책 한 권 펼치면 아무 것도 부럽지 않았다. 사람과 사람 사이 따뜻하고 착한 언어로 인연을 엮으면서 지내리라. 그렇게 시를 쓰고 수필을 쓰면서 여류 작가의 경지에 오르고 싶다.

 어쩌면 지금의 침묵은 절정絶頂일까.
 거대한 태풍이 몰아치기 전 찰나의 고요가 아닐까. 바다가 해일을 토해내기 직전의 정적이 아닐까.

 작은 별의 저력을 믿는다. 산적한 업무 속에서 밝은 미소를 잃지 않았던 야무진 그의 빛깔을 믿는다. 차가운 공격을 받을 때도 울지 않고 의연하게 감내했던 다부진 향기를 믿는다.

 작은 별!
 하늘을 감동시키고 땅을 감동시킬 수 있을까.

5.
작은 별의 꿈

　찰나였다. 삼백육십오 개의 동그라미를 안고 뒹굴었던 한 해를 보내고 새해를 품에 안는 거룩한 의식은 아주 짧았다. 그리고 오랜 시간을 헤매고 있다. 무엇을 잊었는가. 잃어버린 것은 무엇인가. 온종일 두 문장을 되뇌면서 안절부절못하고 있다.

　2023년은 단 하루 만에 작년이 되었다. 더러 자조의 미소를 깨물면서 반문할 때가 있다. 시간의 연속선에서 초와 분을 나누고 스물네 시간을 묶어 하루라고 명명한 이는 누구인가. 진리라고 믿어 왔던 것들이 참인지 거짓인지 따지고 싶을 때가 종종 있었다. 사람이기를 거절한 참담한 사람이 왜 그렇게 살고 있는지 궁금할 때가 있었다. 두 손을 확성기처럼 입에 대고 '임금님 귀는 당나귀 귀!'라고 큰소리로 외치고 싶었다.

휴대전화 카톡방은 온종일 새해 인사를 배달하느라 호외를 외치는 신문팔이 소년과 다름없다. 사람과 사람 사이 인연의 끈으로 매듭지은 사람들이 축복을 기원하는 메시지가 차곡차곡 당도했다. 이국의 별들이 보내오는 글에 전율하면서 따뜻하게 답장을 보냈다. 그랬지, 그랬었지. 내게는 참으로 아름다운 사람들이 있었다.

내게 작년 한 해는 다사다난했다. 연초에 C문학회 사무국장을 맡으면서 막중한 임무가 추가되었다. 가히 기라성 같은 대문호들 속에서 호흡조차 삼가면서 살얼음판을 걸었다. 공중에 매달아 놓은 외줄을 타는 어릿광대의 등줄기는 흥건한 땀으로 흠뻑 젖었다. 외줄에서 떨어질 듯 위태위태한 순간, 지금도 악몽처럼 오싹해진다. 한 해를 마감하는 순간 착지점에 도착하여 안도할 겨를도 없이 그 착지점이 곧 새해의 출발점이라는 것을 감지하고 전율한다.

처녀작 수필집 『지금은 사랑할 때』를 출판했다. 오솔길을 따라 걸으면서 만난 들꽃의 사연을 엮고 별을 향한 그리움을 노래했다. 독자들이 보내온 독후감이 나를 살게 했다. '자손들에게 돌아가면서 읽으라고 했다.', '갓 시집온 며느리에게 선물하고 작가처럼 살라고 하고 싶다.', '침대 머리맡에 두고 읽고 또 읽고 있다.', '상당한 문장력이다. 심사위원으로 초빙하겠다.', '시내 모 상점에 들러서 책에 서명해 주면 좋겠다. 책을 읽으면서 감동으로 울었다고 한다.'……. 물론 뒷면의 사연도 있으리라 짐작하고 겸허한 자세로 지내고 있다.

별의 경지를 향하여 당차게 등반을 시작했다. 정상을 향한 노선을 선택하기 전에 거룩한 의식인 양 몸살을 앓았다. 여러 개의 노선 중에서 두 개의 노선으로 좁혀지고 다시 한 노선을 정한 후에 묵묵히 전진했다. 박경리 작가의 역작 대하소설『土地』를 끼고 동고동락했다. 이른 아침 시간에 컴퓨터 앞에 앉아서『土地』열여섯 권을 펼치고 문화문법에 관한 어휘를 찾았다. 국립국어원의『표준국어대사전』에서 의미를 찾아 표기하고 다시『土地』에서 예문을 찾아 권·쪽·행을 표기하는 작업이 더디기만 했다. 이른 아침에 컴퓨터 앞에 앉아 논문을 쓰기 시작하여 새벽 두 시까지 꼼짝하지 않았던 날들이 부지기수였다. 산비탈 밭을 멍에 매고 쟁기를 끄는 소처럼 말없이 고된 노역을 감수했다.

내가 얼마나 미련한 사람인가 처절하게 깨달았다. 쉬운 길로 가라는 달콤한 조언에 미소 짓고 험산준령을 넘기로 자처했다. 시간이 저만치 나앉아 있게 되었을 때 기력이 소진하였다. 더 이상 전진할 수 없었고 되돌릴 수 없었던 두려운 순간이었다. 시계의 초침 소리가 심장을 누르는 바위가 되고 아픈 가슴을 주먹으로 치면서 호흡을 가다듬었다. 우여곡절을 겪고 인쇄소에 원고를 넘기고 돌아오는 길은 교차하는 만감으로 울컥했다.

가난한 농부 아버지! 아들 하나 딸 다섯을 키우면서 대학 간 아들 학비 뒷바라지에 여력이 없다고 상고商高를 보내셨다. 내가 상고를 진학하게 된 것을 알고 최초의 별 국어 선생님께서 '수불석권手不釋卷'을 교훈으로 주셨다. 두 아이의 엄마가 되어 늦은 학업을 시작하게 한 원동력이 수불석권의 실천이었다. 팔순의 아버지께서는 나를 볼 때마다 '내가 후회하는 것이 너를 대학에 보내지 못한 것이다. 너는 대학까지 보냈어야 했는데… '라는 말씀을 고해성사처럼 하셨다. 별 중의 별 북극성을 생각했다. 내가 우물 안에서 뛰쳐나올 수 있도록 넓은 세계를 보여준 은혜는 하해와 다름없다. 별의 경지를 향하여 오를 수 있는 사닥다리를 놓아주었다.

참으로 동분서주가 따로 없었다. 손오공처럼 머리카락을 몇 올 뽑아서 나를 더 만들고 싶었다. 동시다발로 처리해야 하는 일이 밀물이 되어 덮쳐오는 순간에 '나는 할 수 있어. 우선 급한 일부터 순차적으로 처리하자. 차근차근 성실하게 해내자. 나는 할 수 있다.'라고 독백하면서 차곡차곡 해냈다. 단체 임무를 신실하게 수행하면서 수차례 지역사회 행사 요청으로 시낭송을 하고 하늘이

오솔길을 따라서

준 축복으로 여러 개의 상을 받는 영광을 누렸다.

다시 침묵의 시간이다. 이것을 끝냈고 그것을 멈추었다. 초조와 불안이 교차로 도돌이표를 연주하고 있다. 작은 별이 되어 꾸는 꿈. 맑은 모습으로 밝은 빛을 내고 싶은 꿈을 꾸고 있다. 천애의 위에 드리운 외줄에 오르는 어릿광대가 되어 오싹한 두려움이 엄습하고 등줄기 땀으로 범벅이 되는 외줄에 발을 내딛는다.

새해 인사로 받은 글귀가 꿈틀거린다. "23년은 원 없이 실력을 펼친 한 해 이셨지요? 감축드립니다. 제가 보기에 인생의 황금기를 맞으신 것 같습니다. 이 좋은 시절이 계속되기를 기대해 봅니다. 송구영신!"

하늘을 향하여 엎드린다. 진인사盡人事 후 대천명待天命이다.
하늘이여! 어찌하시렵니까. 좌하라시면 좌하고 우하라시면 우하겠나이다.

6.
별들의 약속

휴대전화 알람이 물에 젖은 목화솜 같은 몸을 흔들어 깨웠다. 거실의 큰 창문이 어두컴컴했다. 태양보다 먼저 하루를 시작하게 되었다고 여기면서 콧노래가 절로 나왔다. 그러나 유유자적할 겨를이 없다.

대학원 2학기 종강세미나가 있는 날이었다. 오전에 제3회 한국어사랑 세계시낭송대회 사회를 맡아 진행하기로 했다. 담당 교수님께서 시낭송대회가 끝나고 심사가 나오는 동안 대상 수상자로서 시범 시낭송을 하라고 하셨다. 오전 시낭송대회가 끝나고 오후에는 석·박사 논문주제발표가 있다. 나는 박사과정 논문주제발표 대상자였다.

최태호 교수님의 '문화문법'을 접한 후 급부상한 한국어의 위상에 내 어깨가 들썩들썩했다. 중부대학교 대학원 박사과정 동기 선생님들 90% 이상이 외국인이었다. 그들과 함께 공부하고 식사하면서 우즈베키스탄의 라마단 금식, 베트남의 수상인형극, 중국의 추석과 월병, 몽골과 미얀마의 문화에 대해 접촉하였다. 그들이 한국의 문화와 문화문법을 이해할 때 한국어를 더 잘 배우고 이해할 수 있다는 것을 알았다. 문화문법에 대한 연구의 필요성이 긴급했고 무척 컸다. 최태호 교수님의 제자로서 스승님의 가르침에 대하여 연구하고자 했다. 예수님을 긴밀하게 따라다니면서 가르침을 배우고 전파했던 열두 제자들처럼 스승님의 가르침을 따르고 전파하는 수제자가 되고 싶은 꿈을 꾸면서 문화문법 연구에 몰두했다.

학술지 발표 논문 원고를 제출한 후 PPT 자료를 만들었다. 240페이지 분량의 논문을 요약하여 20분 동안 발표할 자료를 만들면서 고심했다. '박경리의 『土地』에 나타난 한국어문화문법' 주제에 대하여 연구의 필요성과 목적에 대하여 분명한 안내를 시작으로 한국어문화문법에 대한 개념과 적용사례를 구체적으로 제시하고 『土地』의 시·공간적 배경과 줄거리와 한국문학사적 의의에 대해 역설하기로 했다.

『土地』에 나타난 한국어문화문법은 어휘 문화문법과 생활 문화문법으로 분류하여 연구하였다. 어휘 문화문법 편에서 어휘, 관용구, 속담에 대한 자료의 의미를 표기하고『土地』에 나타난 예문을 나타내고 출처를 표기했다. 생활 문화문법 편에서 호칭과 촌수, 의복과 장신구, 명절과 민속, 음식 대한 자료를 어휘문화문법과 같은 방법으로 연구했다.

박경리의『土地』는 1897년 동학혁명이 실패로 끝난 후부터 일제강점기를 거쳐 1945년 해방을 맞이하기까지 반세기의 기간을 그려낸 대하소설이다. 박경리 작가가 43살에『土地』를 집필하기 시작하여 5부 16권(1993년 판)을 완간하기까지 25년 동안 혼신을 쏟아부은 역작이다. 작가가『土地』를 집필하는 동안 의사로부터 사형선고와 다름없는 진단을 받았을 때 작가는 붕대로 가슴을 동여매고 집필을 멈추지 않고 몰두했다.

작가가 소설 제목을『土地』로 정하는 과정에서 깊은 고뇌가 있었다는 것을 기억한다. 또한『土地』를 쓰게 된 이유에 전율했다. 작가는 호열자가 사람들의 생명을 휩쓸어 버린 후 가을 들판에 황금색 곡식을 추수할 사람들이 없었던 시절을 기억하고 호열자라는 검 붉은 핏빛 죽음과 살아있는 황금색 들판의 조우를『土地』에 나타내고자 했다.

작가 박경리와『土地』에 열광하고 최참판댁 가문의 몰락과 대한제국의 국권상실에 분노했다. 가녀린 여식 최서희의 서릿빛 한恨에 치를 떨고 가족을 두고 간도로 도피하여 독립운동하던 애국지사들과 호흡을 같이하고 일제를 등에 업고 고관대작이 된 사람들과 동포를 잔인하게 핍박하던 일본의 앞잡이가 된 조선인들이 치욕스러웠다.

내 모든 감정을 잠재우고 논리적으로 객관적으로 주제발표를 해야 한다. PPT 자료를 완성한 후 20분 시간을 맞추면서 발표를 연습했다. 한국어사랑 세계시낭송대회 대회에 어울리게 한복을 준비하고 장신구 노리개를 달기로 했다. 논문주제발표 시간에도 환복하지 않고 그대로 한복을 입고 발표하기로 결정했다.

종강식 당일 처음 시간부터 마치는 시간까지 긴장했다. 시낭송 대회를 순조롭게 진행하고 오세영 님의 시詩 '노래하리라' 시를 낭송하여 갈채를 받았다. 논문주제발표 시간에 준비한 PPT 자료대로 간단명료하게 진행했다. 의복과 장신구에 나타난 문화문법에 대한 부분에서 데스크에서 나와서 중앙에 서서 '지금 제가 입고 있는 의복 한복과 장신구 노리개를 주목하여 주십시오. 박경리『土地』에 나타난 의복과 장신구 부분은 직접 보여드리고자 한복을 특별히 입었습니다.'라고 역설했다.

논문주제 발표를 마치고 자리로 돌아오려는데 우즈베키스탄

선생님들이 꽃다발을 전해주었다. 깜짝 선물에 눈시울이 뜨거웠다. 이국에서 온 그들에게 조금이나마 도움을 주고 싶어서 노력했는데 그 마음이 전달되었다고 생각하니 감사가 넘쳤다. 세미나를 마치고 카페로 자리를 옮겨서 한참 대화를 나누었다. 지도교수님을 모시고 따뜻한 차를 마시면서 감사드리고 기쁨을 공유한 행복한 시간이었다. 그들과 헤어지면서 일일이 따뜻한 가슴으로 안아주었다.

자동차를 운전하여 돌아오는 길에 자꾸 시야가 흐려져서 운전하기 힘들었다. 휴지로 눈물을 닦으면서 돌아오는 길에 감사와 기쁨과 아쉬움이 범벅이 되어 짙은 안개가 앞을 가로막았다. 내가 우즈베키스탄에 가게 된다면 그들의 집에 초대하여 숙소를 제공하겠다는 별들의 약속을 상기하면서 행복한 미소를 짓는다. 나도 그들에게 내 도움이 필요하면 언제든지 무엇이든지 돕겠다고 약속했다. 별들의 약속이 성탄절 밤에 찬연하게 빛나고 있다.

7.
시월의 어느 멋진 날

　국립부여박물관 전시유물해설 자원봉사를 다시 시작했다. 타의 반 자의 반으로 프리랜서를 선언한 후 느슨한 자신을 견딜 수 없어 괴로워했다. 그때 박물관 자원봉사 담당 학예사로부터 러브콜을 받았다. 큰 산을 등반하는 막중한 임무를 수행 중이었건만 기세등등하게 수락했다.

　전에 공부방 교사를 할 때 오전 시간 여백이 있어서 자원봉사를 할 수 있었다. 방과 후에 초등학교 학생들에게 학습지도를 하면서 고학년 사회과목에 역사에 대한 단원을 지도할 때 생생하게 지도할 수 있었다. 박물관에서는 해설을 신청하는 학생 자녀를 동반한 가족을 만났을 때 학교 교과서와 연계하여 해설하겠다고 귀

띔하면 학부모가 무척 기뻐했었다.

공부방 문을 닫고 직장생활을 하면서 박물관자원봉사도 하지 못하게 되었다. 코로나로 인하여 박물관이 개방하지 않았을 때 텅 빈 넓은 주차장을 보고 한숨을 쉰 적이 있었다. 봄과 가을에 수학여행 오는 학생들의 조잘조잘하는 소리가 아련한 그리움으로 남았던 그때, 전대미문의 코로나를 원망했다.

시월의 가을 아침 박물관에 가는 발걸음은 고치 안에 갇혀있다가 날개를 펼치고 비상하는 기분이었다. 컴퓨터 앞에 산적한 자료들을 외면하고 거울 앞에 앉아 화장하고 외출복으로 갈아입고 현관을 나선다. 박물관에 들어서서 걸어갈 때 또각또각 구두 발걸음 소리가 경쾌하였다. 고요한 침묵을 깨는 소리를 들으면서 계단을 오르고 전시실 로비에 들어서면 두근두근 신선한 내면의 소리가 들렸다.

자원봉사 명찰을 달고 심호흡한 후 관람객을 기다렸다. 오전 10시에 경기도 용인 대한노인회 단체 40명을 안내하면서 부여의 선사시대 역사와 유물에 대해 해설했다. 사비 백제시대 전시실로 이동하여 한성에서 웅진으로 천도할 때는 고구려의 남하정책으로 인하여 개로왕이 죽고 문주왕이 피난하여 정한 도읍이었다는 것, 성왕이 웅진에서 사비로 천도할 때는 도성을 기획하고 축조한 후 천도를 선포하고 위풍당당한 모습으로 옮겨왔다는 것을 역설했다.

위덕왕이 관산성에서 전투 중 성왕께서 사기를 높이기 위해 행차하다 신라군에게 무참히 죽임을 당했다. 위덕왕은 전쟁에서 참패하여 많은 병사를 잃고 아버지 성왕의 비명횡사에 괴로워하면서 출가를 선언했다. 대신들이 만류하면서 왕을 대신하여 100명을 출가하게 했다. '창왕명석조사리감'에 새겨진 글씨를 통하여 위덕왕이 아버지 성왕께 못다 한 효심으로 능사를 창건하였다는 것을 알 수 있다. 단체 어르신들을 안내하면서 구구절절 해설을 멈추지 않았다.

관람을 마치고 밖에서 단체 사진을 찍을 때 합류했다. 사진을 찍으면서 "하나 둘 셋 찰칵, 다시 한번 찰칵, 손가락 하트하고 찰칵, 파이팅 하면서 찰칵." 계단을 내려갈 때 조심하라고 하고 부여 여행이 좋은 추억이 되기를 바란다며 작별했다. 어르신들이 또랑또랑한 목소리로 감칠맛 나게 설명해 주어서 이해가 잘 되었다면서 물개박수를 보내주셨다.

오후 박물관자원봉사를 마치고 궁남지 행사장으로 이동했다. 행사장에 도착하여 음향팀에 시낭송 배경음악을 전달하고 무대 의상으로 갈아입었다. 트럭 뒤에 숨어서 낭송할 시를 차곡차곡 되뇌면서 점검했다. 무대에 올라 여유를 가지고 흘러나오는 배경음악의 선율에 목소리를 실었다. 대중음악의 달콤함에 젖어있는 관중들에게 실낱같은 감동을 주고 싶었던 절규! 시가 윤간당하지 않기를 간절히 염원하면서 시낭송을 마쳤다. 무대를 내려올 때 들리는 함성, 눈물이 핑그르르 돌았다.

나는 의상을 갈아입고 잠시 망설였다. 집에 가서 컴퓨터 앞에 쌓여있는 일을 해야 하나. 썰렁한 객석에 앉아서 응원할까. 객석에 앉아 응원하는 편이 여러 사람을 이롭게 하는 것이라는 결론을 내렸다. 무대에 올라 공연하는 가수를 위해 손바닥이 아프게 박수하고 연주자에게 환호성을 보냈다.

가을 오후 석양은 미련 없이 능선을 넘었다. "눈을 뜨기 힘든, 가을보다 높은 저 하늘이 기분 좋아. 휴일 아침이면 나를 깨운 전화, 오늘은 어디서 무얼 할까. 창밖에 앉은 바람 한 점에도 사랑은 가득한 걸. 널 만난 세상 더는 소원 없어. 바람은 죄가 될 테니까. 가끔 두려워져, 지난밤 꿈처럼 사라질까 기도해. 매일 너를 보고, 너의 손을 잡고. 내 곁에 있는 너를 확인해. 창밖에 앉은 바람 한 점에도 사랑은 가득한 걸. 널 만난 세상 더는 소원 없어. 바람은 죄가 될 테니까. 살아가는 이유 꿈을 꾸는 이유 모두가 너라는 걸. 네가 있는 세상, 살아가는 동안 더 좋은 것은 없을 거야. 10월의 어느 멋진 날에" 바리톤의 음성이 땅거미를 부른다.

공연을 마치고 식사하고 카페에서 차를 마시면서 행사의 이모저모 대화가 오갔다. 단원들이 이구동성으로 객석에서 응원하는 내 모습이 감동이었다고 했다. 늦은 밤 컴퓨터에 매달려 일하다가 단장님 문자를 받았다. "응원단장으로 촉탁합니다." 나는 혜실 웃고 팔을 걷어 올린다. 이제는 별을 따러 가리라!

8.
이름 모를 소녀

　한여름 장대비 같은 소나기 소동 후 태양의 반대편에 아치형 일곱 빛깔 무지개가 드리울 때가 있다. 빨주노초파남보 색깔이 선명하게 보일 때가 있고 어떤 날에는 희미하여 눈여겨봐야 할 때가 있다. 드물게 쌍무지개가 뜨는 날도 있다. 쌍무지개가 뜨는 날은 행운이 두 배로 겹치고 기쁨도 배가 된다.

　지금까지 살아오면서 무지개를 몇 번 보았을까. 내 기억으로는 열 손가락을 다 꼽을 수 없다. 유년시절 마루에 앉아 하늘을 가로지르는 무지개를 보았던 것이 최초의 기억이다. 그때 어머니께서 무지개를 가리키면서 선녀가 내려오는 다리라고 말씀하셨다. 언니는 저쪽 산에 있는 연못에서 반대쪽 산에 있는 연못까지 연결하

　　　　　　　　　　　　　　　오솔길을 따라서

는 다리라고 말했다. 유년시절 읽은 동화「나무꾼과 선녀」를 생각
하면서 무지개는 연못과 연못을 연결하여 선녀들이 목욕하러 다
니는 다리라고 믿었다.

내 마음속에 똬리를 틀고 있는 얼굴이 하나 있다. 소나기 내린
후 반짝 나타나는 무지개와 같이 살면서 가끔 마음에 파문을 일으
키는 인연이 하나 있다. 내가 상업고등학교를 갓 졸업하고 용산
전자상가에서 경리로 근무할 때였다. 1980년대 용산전자상가는
시대의 아이콘이었다. 대로 양쪽으로 전자제품을 파는 상가가 빼
곡했다. 사무실마다 경리업무를 보는 여직원이 한 명씩 있었다.
더러 큰 사무실은 두 명 있는 곳도 있었다.

아침에 출근하면 최우선으로 사무실 청소하고 커피잔을 설거
지 한다. 아침마다 공동화장실은 청소 용구를 세탁하고 커피잔을
설거지하는 여직원들로 만원이었다. 출근 시간이 비슷했으니 날
마다 화장실에서 마주치는 모습들이 낯설지 않았다. 조명 상가에
서 일하는 경리 언니는 말이 없어서 무서웠다. 연합전기 언니는
친절해서 만날 때마다 기분이 좋았다. 내가 근무했던 바로 옆 사
무실 경리는 외국인 손님하고 영어로 대화하는 모습이 멋있었다.
그때 나는 잔뜩 위축되었던 기억이 있다.

그때 처음 그 애를 만났다. 아침에는 어수선하고 바빠서 잘 볼

수 없었던 그 애가 점심때 커피잔을 설거지하고 있었다. 그 애는 커피잔을 눈에 바짝 가져다가 살피면서 설거지하고 있었다. 우리는 서로 나이가 같다는 것을 알았을 뿐 이름을 묻지 않았다. 어쩌다 화장실에서 마주치면 웃으면서 '안녕!'하고 인사했다. 대화하더라도 '얘, 관리비 냈어?', '얘, 네 고향은 어디니?', '얘, 주말에는 뭘 하고 지냈니?'……. 그날 나는 그 애를 유심히 바라보다가 '얘, 왜 커피잔을 눈에 가까이 가져다가 보는 거야? 불편해 보여.'라고 말했다. 그 애는 조심스럽게 커피잔을 설거지하면서 시력이 좋지 않다고 말했다.

그 애는 선천적으로 좋지 않은 시력으로 태어났다고 했다. 그 애가 목걸이를 만지작거리면서 펜던트 장식이 불교의 글자 '옴'자라고 말했다. 그때 내 기억으로 한문과 비슷한 것도 같았고 추상기호 글자를 닮았던 것 같다. 그 애의 엄마가 기도하는 마음으로 딸의 시력이 좋아지기를 바라면서 목걸이를 걸어주었다고 했다. 그날 그 애는 한쪽 눈의 시력은 전혀 없다고 했다. 나머지 한쪽 눈의 시력도 안 좋다고 했다. 절망적인 것은 그 희미한 시력마저도 점점 잃어가고 있다는 것이다. 내가 '방법은 없는 거니? 수술하면 좋아지는 거야?'라고 물었을 때 그 애는 고개를 가로저으며 불가능하다고 했다. 그날 그 애가 내게 '얘, 나는 처음에 두 눈이 멀쩡한 사람은 사물이 두 개로 보이는 거라고 생각했었어. 우습지?'라고 말했을 때 주저앉을 뻔했다.

오솔길을 따라서

그 후로 우리 둘은 더욱 가까운 사이가 되었다. 은행 업무를 보다가 만났을 때나 관리 사무실에서 만났을 때 더 많은 대화를 나누고 싶어 했다. 그 애는 서울태생이었다. 부모님과 같이 지내면서 출퇴근하기 때문에 날마다 예쁜 옷을 입고 왔으며 긴 머리를 단정하게 묶어서 흰 목덜미가 유난히 아름다웠다. 나는 시골에서 상경한 촌닭의 모습이었을 것이다. 쥐꼬리만 한 경리 월급으로 적금 들어가면서 교통비를 걱정하고 서점에 들러 한 권의 책을 사는 것이 최고의 사치였던 시절이었다. 내가 천안으로 이사 오면서 우리는 헤어졌다.

그리고 삼십 년의 세월이 훌쩍 지나갔다. 그 애가 살면서 불에 덴 것처럼 화들짝 생각날 때가 있다. 언젠가는 그 애를 위해서 간절하게 기도했던 적도 있다. 그 애가 어디선가 잘 지내고 있기를 바랐다. 우리나라의 의료기술이 눈부시게 발전한 것에 안도하면서 부디 그 애가 의료기술의 혜택을 받아서 시력을 찾고 행복하게 살기를 바랐다. 그때 우리 이름을 서로 말해주었더라면 얼마나 좋았을까. 그랬더라면 그 애 이름을 부르면서 기도할 수 있었을 텐데.

소나기 내린 후 하늘에 뜨는 무지개처럼 그 애는 내 삶의 언저리에 가끔 떠오른다. 어느 날에는 목걸이와 함께 선명하게 떠오르고 어떤 날에는 흰 목덜미만 희미하게 떠오를 때가 있다. 어쩌다 쌍무지개처럼 아침저녁으로 생각날 때도 있었다. 그 애도 가끔 나를 생각할까. 그 애에게 난 어떤 모습으로 각인되었을까. 오늘 밤은 이름 모를 소녀 생각으로 잠을 설칠지 모르겠다.

오솔길을 따라서

9.
봄비 내리는 날에

    간밤에 비가 내렸다. 잠을 뒤척이다가 그의 존재를 확인했다. 그의 소리를 들었기 때문이 아니었다. 내 안의 어딘가에 각인된 DNA가 감지했다. 시골 마을에 자리한 작은 사무실은 동쪽으로 난 창문을 열면 산비탈 밭이 보이고 서쪽으로 난 창문을 열면 논이 펼쳐진다. 지천명을 넘긴 내 혈맥 어딘가 흐르고 있는 농부 아버지의 유전자가 흙냄새를 맡으면 전율하곤 했다.

    내 유년의 봄은 농부 아버지의 발걸음에 매달려 왔다. 한시도 쉴 수 없었던 가난한 농부, 아버지는 겨울이 꼬리를 거두어들이기 전에 소를 몰아 산비탈 밭으로 갔다. 까만 똥을 엉덩이에 덕지덕지 달고 느릿하게 걷는 소의 고삐를 바투 쥐고 '이랴~~', '워워~~'

하면서 잠자는 대지를 깨웠다. 마른논을 쟁기질하고 가물어서 걱정이라는 외마디를 뱉었다.

아버지를 마을 사람들은 성인군자라고 했다. 인근의 마을 사람들이 '법 없이 살 양반'이라고 했다. 내가 초등학교에 갓 입학했을 때 거름을 지고 산비탈 밭을 오르는 아버지를 따라가면서 "아버지, 나는 공부 잘해서 효도할 거예요. 두고 보셔요."하고 참새처럼 말했다. 아버지는 무거운 짐지게를 지고 언덕을 오르면서 턱까지 찬 숨을 몰아쉬면서 "그럼 그럼, 우리 인희는 잘하고 말고."라고 맞장구로 내 기를 팍팍 세워주셨다.

아버지는 아들 하나, 딸 다섯을 낳아 기르면서 한 번도 부정적인 말씀을 하지 않았다. 마을 아주머니들이 딸이 많아서 서운하지 않으냐, 아들 하나 더 있었으면 오죽 좋았으랴 말을 던지면 손사래 치면서 모르는 소리 말라고 일순 망설임 없이 답했다. 내가 유년 시절 아랫목에 누워 선잠이 들었을 때 부모님이 두런두런 주고받는 대화를 들었다. 엄마가 내 통통한 손목을 만지면서 '요것이 아들로 태어났더라면 얼마나 좋았을까.'하고 혼잣말처럼 작은 소리로 말했을 때 아버지는 "당치도 않는 소리, 다시는 그런 소리하지 말라."라고 엄마의 입을 막으셨다.

넷째 딸로 태어난 자신이 엄마를 슬프게 했다는 것을 어렴풋이

오솔길을 따라서

알게 되었다. 나는 성장하면서 부모님께 웃음을 드리는 효녀가 되겠다고 다짐했다. 부모님 말씀을 잘 듣고 공부를 열심히 해서 좋은 성적표를 보여드리면 부모님께서 활짝 웃고 기뻐할 것이라고 상상했다. 나는 엄마가 부엌에서 밥을 지을 때면 아궁이에 불을 지피고 심부름하는 것을 도맡았다. 엄마를 도와서 콩나물을 다듬으면 얌전하게 잘 다듬었다고 칭찬했고 쪽파가 필요할 때는 텃밭으로 달려갔다.

나는 부모님께 효도하겠다는 마음을 한순간도 내려놓지 않았다. 중학교 때 시험을 앞두고 농번기에 부모님을 따라다니며 일손을 보탰다. 밤늦게 공부하는데 안방에서 "인희야, 그만 자거라. 공부 열심히 하지 않아도 괜찮다."하는 아버지의 목소리가 들렸다. 나는 건성으로 대답하고 학교에서는 쉬는 시간에 필기 노트를 보며 공부했다.

부모님이 농사를 짓지 않아서 휴일에도 학교에 나와 공부하는 친구들을 부러워했었다. 친구들은 과목마다 참고서를 가지고 있었다. 나는 선배의 참고서를 물려받아서 겉표지가 너덜너덜하고 문제는 선배가 이미 풀었기 때문에 선배가 쓴 답을 가리고 풀곤 했다. 그때 새 문제집을 가지면 공부를 더 잘할 수 있을 것만 같았다. 그러나 단 한 번도 불행하다고 생각한 적은 없었다. 수업시간에 선생님 말씀을 잘 듣고 노트에 필기한 내용을 반복해서 공부했다. 영어와 한문은 연습장에 빼곡하게 쓰면서 외웠다.

그때 내 책상 앞 벽에 써 붙인 글이 있었다. 대학생 오빠가 말한 "나는 김인희다, 나의 목표는 1등이다. 나는 할 수 있다."라는 글이었다. 나는 공부하다가 힘들면 목표를 읽고 다시 공부를 했다. 나는 말하는 대로 목표를 이루었다.

중학교 시절에는 수줍음을 많이 탔다. 책상 앞과 뒤, 좌우에 앉은 친구들과 말했을 뿐이었다. 하여 나의 존재감은 있는 듯 없는 듯했고 주목받지 않았다. 그러나 부모님 앞에서는 참새처럼 한시도 침묵하지 않고 조잘조잘했다. 부모님은 그런 나를 나무라지 않고 말을 예쁘게 잘한다고 칭찬했다.

고등학교 진학을 앞두고 아버지의 한숨 소리를 들었다. 아버지는 상업고등학교 진학을 권했다. 그때 대학생이었던 오빠의 학비를 대는 것이 힘들다고 했다. 나는 상업학교를 졸업하고 취업하는 것이 효도하는 것이라고 생각했다. 나는 대학교에 가고 싶다는 말을 한마디도 못 하고 상업학교로 진학했다. 나는 아버지가 원했던 대로 상업학교를 졸업한 후 중소기업의 경리로 취업했다.

내가 결혼 후 두 아이의 엄마가 되었을 때 가슴속 깊은 곳에 숨겨 두었던 꿈을 꺼냈다. 두 자녀를 안고 방통통신대학교 입학원서를 접수했다. 기세등등하게 영어영문학과 공부를 하면서 내 기대는 늘 흔들렸다. 내가 공부한 만큼 성적이 나오지 않았다. 결국 전공과목 과락으로 5년 만에 졸업했다.

나는 '사임당 공부방'을 차리고 학생들 학습지도를 했다. 오전에 가사를 마치고 오후에 학생들과 공부하고 저녁에는 대학원에 다니면서 사회복지학 공부를 했다. 그런 와중에 수필 등단하고 연거푸 시 등단을 했다. 그때 나를 만날 때마다 아버지는 "아비가 잘못한 일이 있다. 너는 공부를 더 시켰어야 했는데……. 어렵더라도 너는 공부시켰어야 했어."라고 먼 여행을 떠날 때까지 되뇌곤 했다.

내 공부는 멈추지 않았다. 낮에는 직장에서 일하고 밤에는 책상에 책을 쌓아놓고 자료를 찾고 있다. 아무도 나에게 큰 산을 오르라고 등 떠밀지 않았다. 나에게 그 산을 넘으라고 손짓하지 않았다. 내 스스로 높은 지경에 좌표를 정하고 힘겹게 오르는 중이다.

어쩌다 눈물이 핑그르르 굴러 내린다. 참으로 아프다. 세 치 혀로 찌르는 가시가 영혼을 아프게 한다. 나는 눈물을 흘리지 않으려고 고개를 하늘을 향하고 참는다. 그러나 눈물은 멈추지 않고 볼을 타고 흐른다. 다시 입술을 깨문다. 지금까지 잘 참았으니 조금 더 참으라고. 이 또한 지나갈 거라고. 웃으면서 공부에 집중하자고. 날마다 주문을 외듯이 외치고 있다. 아브라카다브라! 모두 잘될 거야!

10.
그런 사람이 있다

그런 사람이 있다. 겨울에 흰 눈에 덮여있는 나목을 주시하다가 봄비가 살짝 내린 후 다시 나목을 주목하는 사람이다. 나목이 봄비를 한껏 들이켜고 메마른 가지마다 생기를 불어넣을 때 생살을 찢는 소리를 듣고 전율하는 사람이다. 제 살갗을 열어 새싹을 틔워내고 급기야 연분홍 꽃을 피워낸 나목 앞에서 혼절에서 깨어나듯 숨을 몰아쉬는 사람이다. 설원의 허허벌판에 나신으로 서 있던 나무를 사랑한 사람만이 나목이 제 살갗을 찢는 소리를 들을 수 있고 새싹을 틔우고 꽃을 피워낼 때 가장 먼저 볼 수 있다고 믿는 사람이다.

눈이 오고 비가 오고 폭풍우가 몰아쳐도 흔들리지 않는 사람이 있다. 차가운 눈 속에서 이가 부딪히도록 떨면서도 제자리 지키는 사람이다. 내리는 빗속에서 별의 눈물을 만지는 사람이다. 폭풍우가 휘몰아칠 때 두려워서 큰 나무 뒤에 숨어버리는 겁쟁이지만 다시 돌아와서 신실하게 자리를 보전하는 사람이다.

  밤마다 하늘을 더듬으며 별을 찾는 사람이 있다. 캄캄한 밤에는 별이 더 총총하다는 것을 아는 사람이다. 거기 그 자리에 있는 별의 이름을 알고 위치를 알고 있다. 별을 사랑한 시인을 알고 별이 빛나는 밤에 목동의 어깨에 살포시 기대는 소녀를 아는 사람이다. 태양이 눈부시게 내리쬐는 대낮에도 별의 위치와 별을 볼 수 있는 사람이다. 별 하나에 아름다운 이름을 하나씩 지어주고 별이 되고 싶어서 몸부림치는 사람이다.

  글을 쓰면서 언어로 집을 짓는다고 여기는 사람이다. 그 사람은 한 편의 시에 운명의 지침을 돌린 사람이다. 책 속의 한 문장에 사로잡혀서 전율하는 사람이다. 글제를 부여잡고 낮이나 밤이나 전전긍긍하는 사람이다. 잠을 자다가도 섬광처럼 빛나는 영감이 떠오르면 이불속에서 빠져나와서 노트에 적는 사람이다. 그의 말을 낮에는 꽃들이 듣고 밤에는 별들이 듣고 있다고 믿는 사람이다. 그의 글은 꽃보다 아름다운 사람들이 보고 있다고 믿는 사람이다. 그 사람이 참담한 글에 미동조차 하지 않는 이유는 언어는 인격이라는 믿음 때문이다. 언어는 품격이라고 역설하는 사람이다.

단체에 속해있으면 따뜻한 사랑을 흐르게 하는 사람이 있다. 사람과 사람 사이 연약한 무릎을 격려하여 세워주고 상한 마음 위로하여 토닥이며 사랑을 흘려보내는 사람이다. 자신을 촛불에 비유하면서 작은 빛일지라도 혼신을 다하여 발광하겠다는 사람이다.

모든 일에서 선을 지향하는 사람이 있다. 선악을 대할 때마다 악은 제거하고 도려내야 할 암적 존재라고 여기던 사람이다. 그러나 악인도 하늘이 허락한 사람이라는 것을 받아들이고 선과 악이 공존할 수밖에 없는 세상의 코스모스를 인정하는 사람이다. 그 사람이 지금은 악은 선을 더욱 선하게 만들고 선을 돋보이게 하는 역할을 한다는 것을 깨닫고 콧노래를 부르고 있다.

하나를 말하면 둘을 알아채는 지혜로운 사람이 있다. 여러 개의 달란트를 부여받고 감사하며 찬양하는 사람이다. 이것을 하라 하면 저것까지 헤아리고 목적 달성의 그것까지 내다보는 사람이다. 그 사람은 하루 24개의 조각을 형형색색으로 채색하는 변화무쌍한 매력을 가진 사람이다.

그 사람은 많은 약점을 가지고 있다. 좋은 것과 나쁜 것을 분별

오솔길을 따라서

하라면 많은 시간을 허비하는 사람이다. 누가 잘하고 누구 못했는지 구분하라면 선뜻 말하지 못하는 사람이다. 눈물이 많아서 곤란할 때가 많은 사람이다. 웃음을 참지 못하여 난처할 때가 많은 사람이다. 소녀 시절 사랑한 별에게 꿈을 고정시키고 그 노선에서 벗어날 줄 모르는 바보 같은 사람이다. 지구촌이 열광하는 월드컵 경기를 보지 못하는 작은 심장을 가진 사람이다. 나뭇잎이 미풍에 흔들릴 때 바르르 떠는 사람이다.

시인은 영롱한 아침 이슬로 씻은 뽕잎을 갉아먹고 백색의 실크를 뽑아내는 누에와 같이 순결한 언어로 글을 쓰는 사람이라고 믿는 사람이 있다. 시인은 참담한 언어를 쓰면 안 된다고 여기는 사람이다. 백 세를 코앞에 둔 순결한 노파의 삐뚤어진 글이 참으로 시답다고 생각하는 사람이다.

별이 되고 싶은 사람이 있다. 그 사람은 별에게 이르는 길을 찾고 있다. 그 사람은 별에게 가는 길은 평범하나 쉽지 않은 여정이라는 것을 알고 있다. 그 길이 장거리라는 것을 짐작하고 있다. 하여 불필요한 것들을 내려놓고 간단한 여장으로 나서야 한다는 것을 알고 있다. 손에 든 것이 없을 때 꽃의 향기를 만질 수 있고 별의 빛을 받을 수 있다는 것을 알고 있다.

그 사람은 착하고 여린 사람이다. 얼핏 보기에는 약하나 내면은 강철 같은 사람이다. 타인을 향하여 춘풍이었다가 자신을 향하여 추상이 되는 사람이다. 추억의 늪에서 허우적대는가 싶으면 미래의 꿈을 향하여 활시위를 당기는 사람이다. 그 사람은 철두철미하고 치밀한 사람이다. 그런 사람이 있다.

11.
어색한 동거

    우리의 만남은 우연이었다. 그의 첫 모습은 온몸이 윤기가 흐르는 검은색 털로 덮여있었고 작달막한 키였다. 새로운 일터에 출근하는 첫날 나를 보고 심하게 짖어서 당혹스러웠다. 내게 업무 인계하는 선배에게는 꼬리를 살랑살랑 흔들면서 몸을 밀착하여 애교를 떨면서 내게는 으르렁거리면서 좀처럼 가까워질 기미를 보이지 않았다. 태양이 석양에 기대어 땅거미를 초대하는 저녁에 퇴근할 때 선배의 차를 쫓아가면서 서럽게 짖으면서 배웅하고 내 차가 지나갈 때는 물끄러미 바라보기만 했다. 날마다 경계를 늦추지 않고 만났다가 헤어지면서 우리의 어색한 동거가 시작되었다.

그에 대해 "어느 날 갑자기 나타났어요. 배가 홀쭉해서 굶주린 것 같아 사료를 주었더니 좋아했어요. 그리고 아예 여기서 눌러 앉는 거예요. 아마도 우리 사무실 근처 캠핑장에 캠핑왔던 가족이 잃어버렸나 봐요. 어쩌면 일부러 버리고 갔을지도 모르고요. 더러 애완동물을 키우던 사람들이 캠핑장에서 일부러 버리고 간다는 기사를 보았던 기억이 있어요. 사람을 보면 달려오고 애교를 떠는 모습을 보면 애완견으로 길러졌을 가능성이 커요."라고 선배가 말했다.

선배가 업무인계를 끝내고 출근하지 않으면서 그의 하루가 눈에 들어오기 시작했다. 사무실의 창가에 내 자리가 있어서 수시로 창밖을 내다보면서 업무를 보는 일상이었다. 우리는 겨울이 떠나갈 즈음 산비탈 응달에서 미련을 버리지 못하고 주저하고 있을 때 처음 만났고 자색 목련이 꽃망울을 터뜨렸을 때가 돼서야 조금 가까워졌다. 목련 꽃잎이 하염없이 떨어지던 날 그는 빗자루를 들고 꽃잎을 쓸어내는 내게 가까이 다가와서 우물쭈물했다.

요즘은 아침에 출근할 때 경계의 소리로 짖지 않으나 퇴근할 때는 여전히 멀찍이서 바라만 보았다. 나 역시 그에게 살갑게 다가가지 않고 말없이 바라보다가 돌아서곤 했다. 그와 나 사이에 가까워질 이유가 없었고 애써 사연을 만들고 싶지 않았다. 가까이 하지 않고 그만큼 적당하게 거리를 두고 싶었다.

오솔길을 따라서

나도 모르게 4개월 동안 아침에 만났다가 저녁에 헤어지는 동안 시나브로 친숙해지고 있었다. 한낮 수은주의 높이가 30℃를 웃돌고 있다. 사무실 창가 바로 앞에 있는 목련 나무의 무성한 잎이 만들어 주는 그늘이 마냥 좋은가 보다. 그 그늘을 독차지하고 늘어지게 누워있는 그를 보고 웃음이 절로 나왔다. 나는 옆으로 바짝 다가앉아서 그의 머리를 쓰다듬어 보았다. 누운 채로 내게 몸을 맡기고 미동도 하지 않는 모습이 애처롭게 보였다. 그의 목덜미를 안마하듯이 한 손으로 조물조물 만져보았다. 눈을 지그시 감고 편안하게 있더니 이내 몸을 내 쪽으로 돌리고 만져달라는 시그널을 보낸다. 배를 만지면서 "날씨가 무척 더워졌지? 더워서 여기 시원한 그늘에 누워있는 거야? 더 더워지면 어쩔 테야?"라고 말하면서 한참을 그렇게 있었다.

나는 사무실로 들어와서 비누로 여러 번 손을 씻으면서 실소를 머금었다. 그가 풀밭을 헤집고 돌아다니면서 해충들이 그의 몸에 붙어있을 거라고 생각했다. 그를 쓰다듬을 때 털의 감촉이 끈적끈적했던 느낌이 오랫동안 남아있었다. 그에게 조금은 미안한 마음이었지만 어쩔 도리가 없었다. 나는 물에 젖은 손을 수건으로 닦으면서 애완견을 키우는 지인을 떠올렸다.

지인은 애완견이 침대에 올라와서 누워있는 것을 좋아했다. 지인은 잠잘 때도 침대에서 애완견과 같이 잔다고 했다. 자주 목욕을 시키고 애완견과 산책한다고 했다. 장거리 다녀와야 할 때도 애완견을 데리고 다닌다고 했다. 지인의 애완견과 내 옆을 맴도는 그는 어찌하여 상반되는 운명(?)이 되었을까.

그와 일정한 거리를 두고 지내겠다고 먹었던 내 마음이 조금씩 흔들리기 시작했다. 그에게 이름을 지어주고 싶다고 생각했다. 날마다 만나서 일정한 시간을 한 공간에서 지내고 있다면 인연이라면 인연일 것이다. 아직도 내 손끝에 그의 끈적끈적한 털의 감촉이 남아있다. 그를 목욕시킬 방도를 찾아봐야겠다.

오솔길을 따라서

12.
금산 가는 길

토요일 이른 아침이다. 일주일 직장생활에서 쌓인 피로를 고스란히 껴안고 자동차에 앉아 시동을 켠다. 자동차 내비게이션에 중부대학교 목적지를 입력하고 선글라스를 찾는다. 부여에서 출발하여 금산으로 가는 길은 강렬한 아침 햇살이 눈을 뜨지 못하게 한다. 선글라스를 끼고 햇살을 가려야 금산으로 가는 길을 찾을 수 있다.

2학기 첫 주 대학원에 가는 길은 여름에서 가을로 가는 기로였다. 사방 어디를 둘러봐도 청록의 세상이었다. 시간이 시나브로 지나고 가을이 깊어 가면서 청록의 산빛은 파스텔로 노랗게 빨갛게 색칠되고 있었다. 마침내 11월의 산빛은 고흐의 붓으로 진하게 덧칠되어 있었다. 토요일마다 중부대학교 대학원에 가는 길에서 만나는 풍경이 시간의 흐름을 여실히 보여주고 있었다.

자동차 창밖으로 산과 나무들이 파노라마처럼 펼쳐진다. 구름 한 점 없는 하늘은 잔잔한 호수다. 바늘 하나 꽂을 틈 없는 촘촘한 일상이다. 직장에서 사회복지사로서 날마다 처리할 업무가 산적해 있다. 지자체와 연관된 전문적인 업무는 서류심사가 다반사고 관외 출장도 잦다. 가정사는 하루 24시간 내내 해도 끝이 없다. 소속된 여러 개의 문학회에서 맡겨진 소임에도 한 치 모자람 없이 해내려고 동동하고 있다. 강의와 시낭송의 양 날개를 달고 비상하고 있다. 게다가 학과 공부와 과제를 하면 자정을 훌쩍 넘어 침실에 들어간다. 내가 자처한 일이다.

나는 왜 멈추지 못하는가. 무엇이 나를 블랙홀 속으로 이끌고 있는가.

나는 이따금 매너리즘의 늪 언저리를 배회한다. 일감을 잡고 끙끙하다가 자신이 아니어도 되지 않는가 하고 주춤한다. 나 자신이 없어도 무탈하게 돌고 돌아갈 일이라고 독백한다. 글을 쓰는 일이 몸서리치는 설레는 일이었건만 시답잖은 글을 쓰는 것이 아닌지 골똘히 생각해 보기도 한다.

오솔길을 따라서

나의 삶은 사람과 사람 사이를 걸어가는 길이다. 내가 살얼음판을 걷듯 언행을 살피고 심사를 삼가는 이유다. 별을 사랑하는 일은 멈출 수 없는 과업이다. 돌이킬 수 없는 운명이다. 시작 노트를 끼고 코스모스 꽃밭에 누워 파란 가을 하늘을 보고 글썽이던 소녀 시절에 하늘이 부여한 운명이었으리라.

　나에게 문학은 별을 찾아 나선 길이었는지 모른다. 나는 책에서 만난 사람을 엄격하게 선별하여 나만의 하늘에 별로 띄우는 거룩한 작업을 하고 있다. 그 여정에서 만난 책은 나를 문학의 산맥으로 끌어올렸고 저자는 나의 등을 힘껏 밀어주었다. 사람과 사람 사이의 인연을 별로 명명하면서 나만의 하늘에 초대하고 있다. 나에게 감동을 준 사람은 그 하늘에 빛나는 별이 되는 특권을 누리고 있다.

　자동차를 운전하여 금산으로 가는 길에서 불현듯이 그 또한 별을 찾아가는 유랑의 길이라는 것을 깨닫는다. 한 시간 이상을 자동차로 달려 학교에 당도하니 일주일 사이 나뭇잎은 단풍으로 변했다. 주차하고 걸어오는 길에 별을 닮은 다섯 손가락 모양의 단풍잎이 뚝 뚝 낙하하는 모습을 보고 걸음을 멈추었다. 휴대전화를 열어서 사진을 찍어 저장하였다. 낙엽을 하늘에서 내려온 별이라고 나지막이 속삭였다.

강의실에 도착한 후 캡스에 전화하여 강의실 문을 열어달라고 요청한다. 칠판을 깨끗이 지우고 칠판지우개를 빨아서 둔다. 한 명씩 동기들이 들어올 때 웃으면서 인사하고 막힌 담을 조금씩 허물고 있다. 외국인 동기생들에게 "제가 도움이 되고 싶습니다. 도움이 필요하면 언제든지 말씀하세요." 하고 말했다. 나에게 실제로 동기들이 도움을 요청했다. 시낭송 과제를 위해 내 목소리로 시낭송을 녹음해서 보내달라고 했다. 종합시험을 앞두고 시험 내용을 요약해 달라는 부탁을 받았다. 나는 담당 교수님 허락을 구한 후 성의껏 도와주었다.

교수님께서 석박사 대학원생 전체가 모여 세미나가 있던 날에 나에게 시낭송을 하라고 하셨다. 나는 주저 없이 배경음악을 열고 '노래하리라'라는 시를 낭송했다. 내가 국어국문학과 박사과정을 공부하면서 사명처럼 낭송하는 최애의 시다. 교수님께서는 나를 문단에 알려진 시인이고 수필가이며 칼럼니스트라고 소개하셨다. 그 후로 나는 더 낮은 자세로 임했다. 수업 시간 30분 전에 일찍 도착하여 굳게 닫힌 강의실 문을 열고 칠판지우개를 세탁하고 매사 봉사하는 이유다.

기적이 일어났다. 외국인 원생에게 아주 작은 도움을 주었을 뿐이었는데 나에게 어마어마한 일을 제의해 왔다. 나는 흔쾌히 손을 잡기로 했다. 하늘은 스스로 돕는 자를 돕는다고 했던가. 나는 상상도 하지 못한 일이었다. 황홀한 순간에 가장 먼저 주님께 엎드려 기도했다. 나의 모든 여정에 동행하는 절대자, 나에게 축복을 쏟아부어 주시는 주님의 사랑 앞에 감사를 드렸다. 나에게 주신 많은 달란트에 감사하면서 간구했다. 모든 분야에서 신실하게 노력하고 흡족한 결과를 드릴 수 있게 해달라고 애원했다.

나의 하늘에는 국경이 없어졌다. 베트남의 별, 미얀마의 별, 우즈베키스탄의 별, 몽골의 별, 중국의 별 등 모든 별이 빛날 수 있게 되었다. 내가 걸어가는 사람과 사람 사이의 여정은 어쩌면 별과 별을 만나는 위대한 일인지도 모른다.

일주일에 한 번 금산으로 가는 길!
나의 별을 찾아 떠나는 황홀한 순례의 길이다. 그 길에서 나 또한 빛나는 별이 된다.

따뜻하고 착한 별이 되고 싶다.

아름답고 향기롭게 빛나는 별이 되고 싶다. 작은 별이 안착
할 궤도를 정해달라고 애원한다. 거기 그 자리 좌표를 정하
고 꽃별처럼 웃게 해달라고 간청한다. 혼신을 다하여 빛을
내리라.

제4부
별의 경지를 향하여

1.
별의 경지를 향하여

책상에 앉아 이리저리 둘러보다가 탁상달력을 주시한다. 12월 마지막 한 장 남은 달력을 보면서 오헨리의 마지막 잎새를 연상한다. 정사각형 모양으로 칸을 나누고 칸칸마다 공평하게 하루씩 할당받아 앉아있는 모습이 정갈하다. 바둑판 모양의 날짜마다 일정이 빼곡하게 적혀있다.

눈을 지그시 감고 심호흡한다. 여기까지 오는 동안 겪은 우여곡절을 곱씹어 본다. 용암처럼 치솟는 분노 속에서 돌을 하나 주워 들었다가 가만히 내려놓는다. 입버릇처럼 하던 말이 가로막는다. 사람과 사람 사이 착하고 따뜻하게 살겠다고 고백했었다. 입술을 깨물고 뜨거운 눈물을 삼킨다.

별의 경지를 향하여 사닥다리를 오르는 여정에서 모두 지나가
리라 기대했다. 거대한 문학의 산맥 열여섯 능선과 계곡을 오르
내리면서 샅샅이 헤치며 별을 찾는 일에 몰두했다. 별을 찾는 일
이 그렇게 고된 여정일 줄이야. 이른 아침부터 새벽 시간까지 나
무와 잡목이 울창한 숲을 헤치면서 숨어있는 별을 찾아 헤맸다.
네 번째 능선에 이르렀을 때에 그 별의 좌표를 정확하게 기록해야
한다는 말을 들었다. 다시 처음 위치로 되돌아가서 별의 좌표, 수
직과 수평이 만나는 지점을 정확하게 기록하면서 별들을 찾았다.

　별을 찾아 집중하는 동안에도 쇄도하는 요청을 뿌리칠 수 없었
다. 선공후사라 혼잣말을 되뇌면서 동분서주했다. 식사 시간을
할애하고 잠자는 시간을 쪼개면서 별을 찾았다. 별을 찾으면서
열여섯 산맥을 완주했을 때 시간이 훌쩍 지난 후였다. 그 별들을
어떻게 분류하고 엮어야 하는지 미지수였다.

　수많은 별들을 종류에 따라 분류하여 방을 만들어 들여놓았다.
그 별들을 하나씩 소환하여 산맥의 어느 골짜기에 있었는지 좌표
를 밝혔다. 그 별의 빛깔과 향기를 연구한 자료를 묶어 검은색 옷
을 입히고 금박으로 글씨를 새겨 넣었다.

　인쇄소에서 책을 찾아오던 날부터 몸져누웠다. 인쇄소에 원고
를 넘기는 순간까지 팽팽한 긴장을 멈출 수 없었다. 모든 일이 마

무리되었을 때 힘을 잃고 주저앉아 버렸다. 물조차 넘길 수 없었고 끝없이 블랙홀의 늪에 빠져들고 있었다. 불같은 신열에 시달리고 서리 같은 냉기에 떨면서 '딴은 부끄러운 이름을 슬퍼하는 까닭입니다.'라는 시구詩句를 고해성사처럼 읊조리고 있었다.

아픈 만큼 성숙한다고 했나. 거울 앞에 앉아 자신과 한참을 마주했다. 기세등등했던 모습은 오간 데 없다. 손에 쥔 것이 무엇이 있는가. 무엇을 손에서 내려놓았는가. 묻고 또 묻는다. 빈손을 오므렸다 다시 펼친다. 허허실실이란 말은 이를 두고 하는 말일 게다. 이런 고비가 처음은 아니었다. 예까지 오는 동안 몸살처럼 몇 번 겪었던 기억이 주마등처럼 스친다.

그 몸살을 희열처럼 누리는 건지도 모른다. 스스로 말[馬]이 되어 달리면서 휘두르는 채찍이었다. 한없이 자신을 골짜기로 몰아넣었다가 끝없이 가파른 능선을 향하여 멍에를 어깨에 얹고 걷게 하는 스스로 후려치는 채찍이었다. 목적한 경지에 이르렀다고 안도했을 때 천 길 낭떠러지 끝에 서 있는 자신을 깨닫는다.

이 또한 위대한 이끄심이라 믿는다. 살얼음판을 걷듯 심사숙고하라는 깨달음이다. 나락이 익을수록 고개를 숙인다는 빛나는 진리를 가슴에 담는다. 여기까지 인도하신 은혜와 긍휼 앞에 엎드려 감사드린다.

별의 경지를 향하여

내일을 위하여 간구한다. 따뜻하고 착한 별이 되고 싶다. 아름답고 향기롭게 빛나는 별이 되고 싶다. 작은 별이 안착할 궤도를 정해달라고 애원한다. 거기 그 자리 좌표를 정하고 꽃별처럼 웃게 해달라고 간청한다. 혼신을 다하여 빛을 내리라.

주여! 존시에게 영원히 지지 않는 마지막 잎새를 주신 것처럼 영원히 사라지지 않을 별을 찾게 하소서.

2.
한국어 교수의 꿈

    논문 주제 발표가 끝난 후 교수님께서 주신 총평을 상기한다. "넓은 의미의 언어적 총체로써 문화문법을 다룬 논문입니다. 박경리의 『土地』에서 문화문법을 발췌하여 잘 분석하고 잘 연구하였습니다. 여기서 끝내지 말고 어떻게 활용할 것인지, 거기까지 확대되어 이어지기를 첨언합니다." 논문 주제는 『박경리 〈土地〉에 나타난 한국어문화문법』이다.

    논문 주제발표는 학기말 종강 세미나 행사의 일환이었다. 나는 '한국어사랑 세계 시낭송대회' 행사 사회를 맡아 진행했다. 오전 시낭송대회 행사를 끝낸 후 점심식사를 하고 오후에 석·박사 논문주제발표가 있었다. 대상 여섯 명 중 석사는 다섯 명, 박사는 나

한 명뿐이었다. 심혈을 기울여 읽고 조사하고 발췌하고 연구하였던 시간이 주마등같이 스쳤다.

발표 시간에 연구의 목적과 과정과 결과를 잘 전달하고자 노력했다. 중부대학교 대학원 한국어학과 대학원생은 90%가 외국인이었다. 그들은 중국, 베트남, 미얀마, 몽골, 우즈베키스탄 등에서 한류열풍을 타고 급부상한 한국어를 배우기 위해 온 이국의 별들이었다. 그들에게 내 연구를 효과적으로 전달하기 위해 PPT 자료를 만들었다. 우선 한국문학사에서 차지하는 박경리 작가의 위상과 대하소설 『土地』에 대한 사전 연구 자료를 사진과 도표로 작성하여 한눈에 볼 수 있도록 준비했다.

교수님께서 정해준 발표시간에 마침맞게 또렷한 목소리로 발표했다. 1부 시낭송대회 사회를 볼 때 입었던 한복을 그대로 입고 논문주제를 발표했다. 연구 내용 중에 '의복과 장신구에 나타난 한국어문화문법' 내용을 설명하기에 더할 나위 없었다. 백 번 듣는 것보다 눈으로 한 번 보는 것이 낫다고 하지 않던가. 내 예상이 적중했다. 쏟아지는 박수와 함성을 들으면서 내 자리로 돌아올 때 지도교수님 얼굴에 번지는 환한 미소를 보고 마음속으로 쾌재를 불렀다. 하늘을 향하여 감사를 드렸다.

논문 주제를 정하기까지 숱한 고뇌의 늪에서 헤어나기 위하여 몸부림쳤다. 시시때때로 하늘을 향하여 도움을 청했다. 어떤 주제로 연구하면 좋을지. 무엇을 연구하면 되는지. 조목조목 아뢰면서 지혜를 달라고 엎드렸다. 기도 중에 섬광처럼 빛나는 주제를 붙들었다. 문학과 문법, 두 마리 토끼를 잡았다는 것을 깨달은 것은 모든 행사가 끝난 후였다. 내가 생각지도 못한 은혜와 축복이 나를 감쌌던 것이었다. 그 사랑을 깨닫는 순간 몸 둘 바를 모르고 황홀함에 흠뻑 취했다.

최근 베트남 어학원 교수님의 권면과 안내로 베트남 수강생을 대상으로 한국어를 가르치고 있다. 인터넷 사이트를 통하여 어학원에서 내 강의실을 만들었고 컴퓨터를 통하여 온라인으로 강의하게 되었다. 매 수업 시간은 90분이다. 수업 교안을 미리 작성하여 준비한 후 수업을 시작함과 동시에 동영상을 녹화한다. 수업이 끝나면 녹화된 동영상이 강의실에 탑재되고 수강생들은 원하는 시간 언제든지 복습을 할 수 있다. 베트남 어학원에서는 나를 채용할 때 한국어 박사라는 강점을 내세울 수 있게 되었다고 좋아했다.

한국어 교수!
이때를 위함이었다. 소녀 시절부터 별을 품고 시詩를 읊조리고 시를 쓰면서 성장했던 때부터 한시도 멈추지 않고 까치발을 들어 별을 향하여 손을 내밀었다. 결혼 후 가정을 돌보면서 두 자녀를 양육할 때나 가정의 대소사에 한 치 소홀함이 없었던 것도 이때를 위함이었다. 별과 별 사이 한 편이 시제를 끌어안고 밤을 하얗게 지새우고 사람과 사람 사이 사연을 엮어 수필을 탈고한다. 한 편의 시를 안고 무대에 서서 시낭송을 할 때는 나는 시가 되고 시는 내가 된다. 거대한 열여섯 산맥을 종주하고 별의 경지에 이르게 함이 이때를 위함이었다는 것을 고백한다.

더러 질책으로 치는 질문을 받는다. '너무 많은 일을 하는 것 아닌가? 정체성이 무엇인가?'라는 질문을 받을 때 염화시중의 미소를 깨문다. 이국의 팔십 대 학자를 생각했다. 그는 언어학자이고 역사학자이면서 지리학자로서 21세기 대표적인 석학이다. 『총·균·쇠』의 저자 제레드 다이아몬드 학자를 본받기로 했다. 내가 시를 쓰고 수필을 쓰는 일을 사랑하는 이유다. 영혼을 울리는 시낭송을 하기 위해 노력하는 이유다. 역사를 공부하고 학문을 연구하는 이유가 노학자를 닮고 싶은 간절함이다.

한국어 교수라는 거룩한 직무를 주신 하늘에 감사를 드린다. 강의 시간마다 아름답고 고급진 한국어를 전달하기 위해 연구에 몰두한다. 나를 교수님이라고 불러주는 사람들! 이국의 별들에게 한국어뿐만 아니라 한국의 문화와 정서도 알려주고 싶다. 그들에게 별이 되고 싶다.

한국어, 그 순결한 언어로 내 아름다운 조국 대한민국을 노래하리라!

※ 한국어, 그 순결한 언어로 내 아름다운 조국 대한민국을 노래하리라! (오세영 詩에서)

별의 경지를 향하여

3.
별이 되고 싶다

별을 동경하면서 그 별의 궤도를 따라 돌았다. 하루에도 몇 번씩, 낮이나 밤이나 하늘을 우러르는 습관은 불치가 되었다. 일상에서 힘들고 슬픈 일이 있을 때 긴 호흡을 별에게 뱉어내곤 했다. 예기치 못했던 기쁨이나 환희의 순간에도 태양이 눈부시게 빛나는 한낮을 불문하고 별을 향하여 함지박 미소를 던지는 순간은 거룩한 의식이었다.

내가 사방으로 지경을 정하여 소유한 하늘에 별을 띄우면서 예까지 왔다. 열다섯 살 소녀가 처음으로 시詩를 알게 되었다. 영원한 청년 시인, 그는 내 하늘에 띄운 최초의 별이었다. 동시에 그 소녀의 마음에 잔잔한 파장을 일게 했던 국어 선생님도 내 하늘에서 영롱하게 빛나는 별이었다. 그렇게 수많은 별들을 내 하늘에 초대하여 자리를 정하여 주었고 별자리가 되었다. 내 하늘에서 빛나는 자랑스러운 별, 별, 별…….

그 별들을 감상하면서 별이 되고 싶은 꿈을 꾸었다. 시인의 별을 우러르면서 시를 읊조리고 그렇게 순수하고 맑은 시인이 되고 싶었다. 팔십 대 이국의 노학자가 미래를 위하여 눈물 글썽이는 모습에 바르르 떨면서 그런 어른이 되고 싶었다. 강단에서 문학, 역사, 경제, 정치, 철학을 섭렵하고 수강생을 꼼짝 못 하게 하는 교수님을 닮고 싶었다. 한국어로 지구촌을 쥐락펴락하는 스승님의 발자국을 따라 걷고 싶었다. 수강생들의 영롱한 눈동자에 희미하게나마 빛나는 별이 되고 싶어서 몸부림치는 날들이었다.

참으로 고단한 여정이었다. 한여름 뜨거운 태양열에 얹힌 매미의 따가운 노랫소리가 집중력을 방해하던 한순간, 칭얼대는 아기를 잠재우고 기말고사 시험공부에 전전긍긍하던 방송통신대 시절이 있었다. 아파트 들마루에서 들려오는 휴식 같은 아줌마들의 수다와 까르르 부서지는 웃음소리를 들으면서 문제집을 안고 씨름했다. 그때 무엇 하나 풍족하지 않았던 결혼 초기였다. 나름대로 모든 방면에서 최선을 다하고 싶었을 게다. 그 열망이 스스로 고립시켰고 자신에게 가없이 채찍을 휘둘렀을 게다.

별의 경지를 향하여

부모님이 거울이었다. 남에게 손톱만큼도 싫은 소리 듣지 않으려고 반듯하게 살았던 아버지, 어머니의 유전자가 고스란히 내게도 흐르고 있었다. 부여라는 작은 공간에서 삼십 년 세월을 살아오는 동안 사람과 사람 사이 신의와 사랑을 공유하고자 애썼다. 모든 판단과 결정의 기준은 부모님의 가르침이었다. 다소 현실에 발맞추지 못한 판단으로 배가되는 수고를 감수해야 했다. 서투른 손익계산으로 바보처럼 착하다는 칭찬 아닌 칭찬을 듣고 쓸쓸하게 조소한 적도 부지기수였다.

　　나는 수없이 갈등했었다. 어떻게 살아야 하는지, 왜 그렇게 살아야 하는지. 더러 처세술에 능한 사람을 본보기로 삼고 따라 하려고 한 적이 있었다. 간혹 참담한 말을 거침없이 내뱉은 사람이 아무 시련 없이 잘 사는 모습을 보고 하늘을 우러러 갸우뚱한 적도 있었다. 산더미만 한 근심거리를 옆으로 밀어버리고 훨훨 자유롭게 날아다니는 사람을 동경한 적도 많았다.

　　그러나 나는 나답게 살기로 작정했다. 내가 부러워하는 사람들을 좇아 살려고 했더니 내게 어울리지 않는 옷을 입은 형상이었다. 나는 풀리지 않는 실마리를 대범하게 가위로 끊어내지 못하고 얽히고설킨 실마리를 끌어안고 한 올 한 올 풀어내면서 헤실웃는 소인배라는 것을 깨달았던 것이다. 내 잘못이 아니더라도 한 대 맞고 아픈 상처를 어루만지면서 참아내는 편이 훨씬 편안한 것을 어쩌란 말인가. 내가 바보라는 말을 듣는 데는 그만한 이유가 있었던 것이다.

별이 되고 싶어 까치발을 들었던 일들이 파노라마로 펼쳐진다. 글을 쓰고 싶어 안달이 나고 노트북을 열어 글을 쓰는 순간에 절정을 누리는 작가. 책을 읽으면서 문장에 마음을 빼앗기고 한 줄의 시귀詩句에 운명의 지침을 과감하게 돌려버리는 시인. 한 편의 시를 끌어안고 무대에 올라 낭송하기 위하여 많은 낮과 밤을 암송하는 낭송가. 더러 시낭송을 듣고 영성을 느꼈다고 고백하는 관객에게 혼신을 다하였노라고 들려주고 싶었다. 강의하기 위해 강단에 서는 순간까지 PPT 자료를 몇 번이고 수정하면서 보고 또 보는 강사다.

나는 완벽하게 준비되었다 싶으면 모든 걸 멈추고 골방으로 들어간다. 지금까지 나를 이끌어 주시고 능력을 주신 하나님께 모든 걸 아뢰고 기도드린다. 내가 부족하다는 것을 아시는 분, 내가 착한 별이 되고 싶어 몸부림치는 것을 아시는 하나님께 모두를 맡겨드리는 거룩한 의식이다. 나는 다만 당신의 통로가 되게 하시라. 당신께서 주신 달란트 배로 남기게 하시라. '내가 사망의 음침한 골짜기로 다닐지라도 해를 두려워하지 않는 것은 그의 지팡이와 막대기가 나를 안위하시는' 믿음이다. 얼마나 든든한 백(빽?)인가.

참으로 잘 컸다! 순수한 마음으로 별을 따라 맴돌다가 별이 되어가고 있었다. 강의가 끝난 후 뜨거운 갈채를 받았다. 주관자로부터 첫 강의를 잘해주어서 감사하다는 치하를 들었다. 문학으로 인도하겠다고 손을 내밀었더니 내 손을 잡는 희망자가 여럿이었다. 집으로 돌아오는 자동차 안에서 '주님, 감사합니다. 그들에게 별이 되게 하소서!'라는 외마디를 도돌이표 연주하듯 반복했다.

책상에 놓여있는 빼곡한 일정표에 가장 화려하고 꽃다운 미소를 던진다.

4.
사랑의 정의

    사랑은 별이다. 나는 문학이라는 하늘을 만들고 그 하늘에 별을 하나씩 띄우고 있다. 그 문학의 하늘에 별이 하나씩 늘어가면서 무리를 이루고 있다. 사람과 사람 사이 아름답고 향기로운 사람을 별이라고 명명하여 그 하늘에 띄우고 있다. 별과 별 사이 영롱한 빛을 가진 별을 그 문학의 하늘에 초대하고 있다. 그 하늘의 가장자리에 철옹성을 쌓아 별을 지키고 있다. 나의 별들이 언제나 순수하고 맑고 밝게 빛날 수 있도록 그 하늘에 구름이 드리울 때 바람을 호출하여 떠나보낸다.

    사랑은 영원히 마르지 않는 옹달샘이다. 그 옹달샘은 내 삶의 이유이다. 내 심장이 샘의 근원이고 분출구다. 나는 맑은 물을 분출하기 위하여 따뜻한 말을 하고 착한 삶을 살아야 한다고 믿는다. 작은 들꽃들의 음료가 되고 별의 갈증을 해소하는 수정같이 맑은 물이 되고 싶다. 샛별이 자신 얼굴을 들여다볼 수 있는 거울이 되고 싶다. 뭇별이 자신 얼굴에 묻은 때를 씻을 수 있는 세숫물이 되어주고 싶다. 그렇게 소임을 다하고 내가 별이 되는 순간에 그 옹달샘은 마를지도 모른다. 아니, 그 옹달샘이 마르는 순간 내가 별이 될지도 모른다.

사랑은 한없이 주는 것이다. 아낌없이 주는 나무처럼 온 존재를 내어주고 그루터기가 되어 부르는 콧노래다. 열을 주고 다섯을 받았으나 더 주고 싶은 것이 사랑이라고 노래한 시인처럼 사랑은 주고 또 주고도 더 주고 싶어서 안달하는 것인지도 모른다. 옹달샘이 맑은 물을 분출하기 위하여 악한 찌꺼기를 순수한 필터로 여과하는 것도 사랑이다. 그 옹달샘으로 다가오는 꽃과 별에게 온 존재를 내어주는 것도 사랑이다.

사랑은 오선지에 있는 음표의 하모니다. 낮은 음표와 높은 음표가 오르내리고 빠른 음표와 느린 음표가 앞서거니 뒤서거니 조화를 이루는 것이다. 사랑은 웅장한 교향곡이 되었다가 잔잔한 세레나데가 되는 것이다.

사랑은 문학이다. 삼라만상 모든 것에 생명력을 부여해 주고 그들의 독백을 받아 적은 한 편의 시詩다. 살며 사랑하는 사연들을 쓴 수필이요 소설이다. 그 글 기둥 잡고 절규하는 작가의 몸부림이다.

사랑은 기다림이다. 경사진 비탈길에 서서 울먹이는 기다림이다. 작은 동산에 올라 밤하늘 우러러 별을 찾는 간절한 그리움이다. 먹구름이 별을 숨기고 폭풍우가 별을 덮친 날에도 거기 그 자리에 별이 있다고 믿는 굳건한 믿음이다. 밤하늘 별이 동산을 향하여 발광하는 이유가 사랑이다.

사랑은 왕자와 공주만의 전유물이 아니다. 노트르담의 꼽추의 목숨을 건 혼신이다. 사랑을 잃을 것을 두려워하여 돈을 바다에 버리는 아다다의 마지막이다. 사랑은 자명고를 찢은 낙랑공주의 비장한 결단이다. 사랑은 멸망의 위기에서 절개를 껴안고 단애의 끝에서 자진하는 일편단심이다.

사랑은 침묵이다. 사랑한다는 이유로 하고 싶은 말을 차마 하지 못하고 어금니 물고 눈물을 뚝뚝 떨어뜨리는 침묵이다. 사랑은 할퀴고 찢긴 아픔을 감추고 헤실거리는 백치의 웃음이다. 사랑은 알아채는 것이다. 침묵을 알아듣고 눈물을 닦아주는 것이다. 상흔을 따뜻하게 감싸주는 것이다.

사랑, 그것은 위대한 것이다.

별의 경지를 향하여

5.
부소산성을 걸으면서

    부소산성을 걸을 때마다 옷깃을 여민다. 부여에 살면서 부소산을 수없이 오르내리면서 오솔길에 접어들 때 어김없이 숙연한 마음을 갖는다. 백제 왕궁의 수비성이 간직한 숭엄한 기운과 백제 후예의 혈맥을 타고 흐르는 유전자가 만나 하나 되는 의식이리라. 부소산 입구에 발을 들여놓으면서 21세기 최첨단 IT 시대에서 천사백 년 전 역사 속으로 들어가는 황홀한 여행이 시작된다.

    부소산을 향하는 길을 따라 양쪽에 소나무가 도열해 있다. 그 길을 따라 처음에 만나는 삼충사에서 백제의 세 충신 성충, 홍수, 계백을 만나고 깊은 사색에 잠기곤 한다. 승리에 도취한 왕에게 적극적으로 간언하여 옥에 갇히고 죽는 순간까지 백제의 앞날을 걱정했던 충신과 나당연합군에 맞서기 위해 처자를 칼로 베고 황산벌로 달려간 백제의 마지막 장군을 생각하면 목에서 뜨거운 것이 치밀어 오른다. 삼충사에서 다시 오솔길로 접어들면 양쪽의 나뭇가지들이 합수하듯 차일을 만들어 준 길을 걸으면서 어쩌면 계백장군이 황산벌로 가기 전에 마지막으로 말을 타고 달렸을지도 모른다고 생각한다. 계백장군이 핏방울 같은 뜨거운 눈물을 흘렸을 그 길을 걸으면서 발걸음마다 그날의 비애를 떠올리면서 걷는다.

삼충사에서 부소산 정상으로 가는 초입은 계절마다 나무들이 연출하는 경관이 감탄을 자아낸다. 봄에는 벚꽃이 화사하게 피어 길을 밝혀준다. 벚꽃이 낙화할 때 이루는 슬픔의 절정도 필설로 형언할 수 없는 아름다움의 극치다. 여름에는 태양의 몸부림과 매미의 절규가 경쟁한다. 누가 더 뜨거운지 누가 더 날카로운지 한 치 양보가 없다. 나무마다 청록색 잎을 활짝 펼쳐 나그네를 보호해 준다. 가을에는 그 나무들이 본색을 드러낸다. 나무마다 DNA를 감추지 못하고 빨간 나뭇잎은 새빨갛게 노란 나뭇잎은 더 노랗게 전율한다. 그 길에 접어들면서 외마디 탄성이 없다면 목석이리라. 아! 겨울에는 온통 순백의 목화솜을 뒤집어쓰고 고요하게 숨죽인다. 부소산성은 사계절 내내 신비한 아름다움을 간직하고 여행자를 기다리고 있다.

별의 경지를 향하여

이마에 땀방울이 맺히고 호흡이 가빠질 즈음에 우뚝 서 있는 정 각 영일루를 만난다. 영일루는 부소산의 맨 동쪽 산봉우리에 자 리하고 있다. 백제시대 왕과 가족들이 새해에는 계룡산의 연천봉 에서 떠오르는 해를 맞이했다고 전해진다. 나무계단을 올라 영일 루에 올라 멀리 동쪽으로 시선을 던지고 휴식하다 보면 시원한 바 람이 땀을 닦아주고 등을 떠밀어 발길을 재촉한다.

부소산성은 백마강이 반달처럼 휘돌아 흐르고 북쪽은 경사가 급하여 왕궁의 수비산성으로 완벽하다. 백제시대 왕궁으로 관북 리 유적지를 조사하고 연구하는 데 역사적인 근거가 충분하다. 군창지 유적지는 군대 곡식을 보관했던 창고로 불에 탄 쌀이 발 견되었다고 한다. 왕궁과 도성을 수호한 중심 산성으로 역할을 충실히 하면서 평상시 왕가의 비원으로 아름다운 풍경과 감동을 주었으리라. 그 길을 걸으면서 백제시대의 한복판을 산책하고 있 다고 상상의 나래를 마음껏 펼치는 것도 이루 말할 수 없는 경험 이다.

반월루 광장에 이르러 동북쪽으로 내려가면 태자골이 나온다. 백제시대 태자들의 산책로라고 해서 붙여진 이름이다. 태자골에 아담한 정자 궁녀사가 있다. 태자골을 걸을 때마다 궁녀사 자리 를 잘 잡았다고 생각했다. 궁녀사는 백제가 멸망할 당시 적에게 유린당하느니 백제 여인의 정조를 지키고자 백마강에 스스로 몸을 던진 궁녀들의 넋을 기리고자 세운 것이다. 태자들은 궁녀들의 가슴에 간직한 별이 아니었을까. 궁녀들의 넋을 가장 잘 위로할 수 있는 이가 태자가 아니겠는가 안심의 미소를 짓는다.

궁녀사에서 다시 반월루 광장으로 돌아와 반월루에 정각에 올라가면 부여 시내가 한눈에 들어온다. 부여 시내를 휘돌아 백마강은 유유히 흘러만 간다. 백제 전성기에는 당나라와 왜 나라 상인들을 싣고 구드래 선착장에 당도해서 활발한 교역을 이루었다. 사비성이 함락되던 날에는 당군을 데려와서 피비린내와 비명으로 사비성을 뒤덮었다. 부소산성에서 남쪽으로 시내 한복판에 정림사지 오층 석탑이 우뚝 서 있는 것을 볼 수 있다. 정림사지 오층 석탑은 몸에 당나라 장군이 백제를 평정했다는 오욕의 상처를 끌어안은 채 천사백 년 동안 굳건하게 버티고 있다. 반월루에서 내려와서 낙화암으로 향하여 걷는 걸음은 천근만근이다.

낙화암은 백마강을 향하여 깎아지른 절벽이다. 바위가 우뚝 솟은 곳에 육각 지붕의 정자 백화정이 있다. 백화정 앞에서 백마강을 내려다보면 푸른 물살이 출렁거린다. 백제의 연약한 여인들은 왕궁에서 낙화암까지 달려오면서 얼마나 두려웠을까. 그녀들은 나당연합군의 치욕에 짓밟히지 않고 죽음으로써 백제 여인의 정절을 지키고자 했던 선홍빛 꽃이었다. 백제의 하늘에서 일제히 물속으로 자진한 슬픈 별똥별이었다. 낙화암 절벽 아래 햇살을 회살 짓는 강물을 보면서 눈시울을 붉힌다. 용서하라, 그러나 잊지는 말라. 떨리는 음성을 가슴으로 듣는다.

낙화암에서 돌아오면서 우리나라 오천 년 역사를 생각해 본다. 최초의 국가가 멸망하고 다시 국가를 건국하고 도돌이표를 연주하듯 이어온 반만년 역사 속에서 유독 백제의 멸망에 대해 휘두른 승자의 무자비한 채찍에 몸서리친다. 의자왕은 태자 시절에 효심이 깊어서 '해동증자'라고 불렸다. 적극적인 정복 전쟁으로 백제의 마지막 중흥을 이끌었던 의자왕. 승자들이 오명을 덧씌우고 제멋대로 곡해한 비운의 군주. 당나라에 포로로 끌려가는 모습을 상상하면서 가슴을 쓸어내린다.

부소산성을 걷는 것은 어쩌면 천사백 년 전 백제시대로 가는 타임머신에 탑승하는 것인지도 모른다. 길섶에 핀 작은 꽃 한 송이, 풀 한 포기조차 그 생명을 백제시대부터 면면히 이어왔을지도 모른다. 인기척에 화들짝 놀라서 귀를 쫑긋 세우고 도망가는 다람쥐의 조상도 백제시대부터 이어왔는지도 모른다. 우주선을 타고 달나라에 가고 별나라에 가는 시대에 타임머신을 타고 역주행하면서 독백한다. 온고지신이다. 역사를 잊은 민족에게 미래는 없다.

6.
별을 사랑하는 까닭

오후에 비가 내렸다. 자동차 유리를 타고 흐르는 빗물은 흙으로 얼룩진 발자국을 남기면서 차창에서 미끄러지고 있었다. 가깝게 멀리 다가오는 산의 능선마다 신록의 생명이 소리 없이 아우성이었다. 나무마다 해산하는 생명은 제각각이었다. 어떤 나무는 노란색 나뭇잎을 매달고 있었다. 어떤 나무는 연두색 잎을 또 다른 나무는 초록색 잎을 가지마다 달고 있었다. 주마간산으로 다가오는 그 빛깔들이 어우러져서 연보라색으로 만들어진 무지개가 되었다.

하늘을 우러러본 것은 오랜만이었다. 깊은 밤 현관을 열고 마당에 서서 별을 찾는 일이 낯설었다. 일과를 마치고 어두운 하늘에서 별을 찾아 헤는 것을 거룩한 의식처럼 여겼었는데…….요즘은 고개를 들고 하늘을 보며 별을 찾는 것을 의식 깊은 곳에서부터 밀어내고 있었다. 언젠가부터 잃어버린 것이 많다는 것을 인식한 순간부터 의도적으로 별을 볼 수 없었다.

별, 모든 아름다운 것들의 대명사였다. 소녀 시절에 별을 사랑한 시인을 만난 후부터 별을 볼 때마다 전율했다. 시인이 별 하나에 아름다운 이름을 하나씩 붙여준 것처럼 살면서 만난 그리운 것들에게 별을 달아주었다. 책을 통하여 만난 작가가 문학의 하늘에 뜨는 별이 되었고 때로는 글에 등장하는 인물이 별이 되었다. 사람과 사람 사이 향기로운 인연이 별이 되었으며 수 세기 전의 사람도 별이라고 칭하고 있다. 쌓인 눈언저리에서 웃고 있었던 작은 꽃도 별이 되었다.

별을 사랑하는 까닭이었다. 시인을 만나고 시인의 별을 만난 것이. 그리고 그것이 삶의 경계선이었다. 어디에서 무엇을 하고 누구를 만나든지 그 별을 지표로 삼았다. 하늘을 우러러 한 점 부끄럼이 없는 언어로 사람들에게 다가가는 이유였다. 잎새에 이는 바람에도 괴로워했던 별처럼 바르르 떨면서 여기까지 왔다.

별을 사랑했기 때문에 참았던 것들이 너무도 많았다. 때로는 하고 싶지 않은 일을 웃으면서 했고, 도저히 참을 수 없는 상황에서도 견딜 수 있었다. 더러 오해를 받을 때도 서럽지 않았고 거뜬하게 이겨낼 수 있었다. 참담한 언어로 휩싸일 때도 어금니 물고 시간을 보내고 나면 웃으면서 별을 볼 수 있어서 행복했다.

요즘은 부끄러워서 별을 볼 수가 없다. 삶의 여정에서 순수를 잃어버린 까닭일 것이다. 소녀 시절에 전율하던 그리움이 퇴색하고 별과 간격이 넓어졌다. 그 공간에 세상과 타협하려 한 탐욕이 차지하기 시작했다. 늘 수단과 방법을 총동원해서 별을 보는 시간을 갖겠다고 으름장을 놓았는데 요즘은 산더미 일의 늪에서 허덕이고 있다. 밤마다 뜨락에 다가와서 기다리고 있을 별, 애써 외면하면서 다음에 찾겠다고 다짐하고 있다.

다시 찾을 거야. 처음 별을 만났을 때 순수했던 마음을 찾을 수 있을 때까지 기다려 달라고 애원하고 있다. 지금은 상처가 커서 힘들지만 그 상처가 아물면 다시 밝게 웃으면서 뜨락에 서서 콧노래 부르겠다고 다짐한다. 그 상흔 위에 떨어진 벚꽃 하나 올려보고 상흔이 너무 커서 감출 수 없다면 송두리째 뭉텅 떨어뜨린 붉은 동백꽃을 올려두리라. 아픈 만큼 많이 성숙한다는 말을 믿고 기다리고 있다.

스스로 만들어서 하늘에 띄운 작은 별 하나. 그 별이 밝고 아름답게 빛날 수 있기를 기도한다. 엄마를 잃은 작은 소녀가 방황할 때 길잡이가 되는 별이 될 수 있을까. 산골 소녀 외로움에 눈물이 글썽일 때 그 눈물에 투영되어 빛나는 보석이 되고 싶다. 깊은 밤 한 줄 시구를 붙들고 잠 못 이루는 시인을 위로하며 꿈나라로 인도할 수 있다면 좋겠다. 봄밤에 온갖 꽃들과 어우러져 꽃은 별이 되고 별은 꽃이 되는 기적을 만들고 싶다.

작은 별이 빛나기 위하여 충전해야 한다. 길섶에 피어있는 노란 민들레를 바라본다. 그 옆에 있는 이름 모를 보랏빛 작은 꽃을 주시한다. 키가 큰 미루나무의 잎이 바람에 흔들리는 모습을 외면하지 않으리라. 바람이 실어다 주는 나무의 향기를 흠뻑 들이마신다. 그 생명을 잉태한 황토가 내뿜는 생명의 호흡을 충만하게 호흡한다. 산에서 노래하는 꿩의 소리를 듣고 꿀벌들의 윙윙거리는 날갯짓 소리를 저장한다. 그리고 차마 눈 뜨고 볼 수 없는 것을 외면하고 등을 돌리는 결의도 분명코 충전이 될 것이다.

별을 사랑하는 까닭이 곧 호흡하는 이유이다. 별과 별 사이 이름도 없는 작은 별일망정 감사하면서 또박또박 걸어가리라. 작은 방에 들어앉아 흰 수건으로 세파에 시달린 먼지를 닦는다. 아픈 상처를 어루만지고 토닥토닥 자위한다. 어둠이 깊어지는 순간 문을 열고 나와서 몸서리치면서 발광하리라. 그리움에 지친 나무의 별이 되리라.

7.
거대한 문학의 산맥을 오르면서

　올해 최대 과업은 산을 정복하는 것이다. 작년 한 해 동안 공부하면서 넘어야 할 산을 결정하는 과정에서 우왕좌왕했다. 막상 다섯 손가락 안으로 선택의 폭이 좁혀졌을 때 무엇을 선택해야 하는지 혼란이 가중되었다. 양손에 하나씩 쥐고 오른손에 든 것을 취할지 왼손에 잡은 것으로 결정해야 할지 팽팽한 긴장감이 감돌았다. 천칭저울의 양 끝에 놓여 한 치 오차 없이 평형을 이루었다.

　누가 선택해 줄 수 없는 오롯이 필자의 몫이었다. 태산을 오르기로 작정하고 발을 들였으니 정상에 오르는 여러 노선 중에서 한 갈래를 선택해야 할 기로에서 망설임은 위대한 갈등이었다. 아직 가보지 않은 길, 경사의 정도조차 가늠하지 못하고 여정에서 무엇

별의 경지를 향하여

을 만나게 될지 두려운 마음도 동반했다. 날마다 밤이나 낮이나 길을 선택하기 위해 스스로 묻고 자료를 찾으면서 하늘에 지혜를 구했다.

최종 노선을 선택한 후 박경리 작가의 대하소설 『토지土地』 열여섯 권을 책상 위에 올려놓았다. 『토지土地』는 1897년부터 1945년까지 약 50년의 시간과 공간을 기록한 거대한 문학 산맥이다. 작가의 나이 43세에 쓰기 시작하여 25년이란 긴 시간에 걸쳐 600명이 넘은 등장인물과 평사리와 진주에서 간도와 일본까지 공간을 넘나들면서 기록한 삼만 장의 원고는 고통의 결과물이요 생명이 창조물이라고 했다.

대한민국 문학에 웅대한 문학세계를 구축한 흙과 생명의 작가 박경리 작가는 공간과 시간 속에 존재하는 생명, 그 한恨의 세계를 살아가는 사람들의 모습을 담는 그릇이라고 역설했던 『토지土地』 속에서 언어의 문화와 역사를 찾아 기록하고 연구하기로 작정했다. 낮에는 직장에서 일하고 퇴근 후 가사와 병행하며 늦은 밤까지 자료를 찾는 일이 더디기만 하다. 작은 활자로 빼곡하게 인쇄된 책 열여섯 권은 필자가 넘어야 할 거대한 산으로 덮쳐온다.

이른 봄날 휴일 아침에 작정하고 하동 평사리를 목적 삼아 길을 나섰다. 봄꽃을 찾아가는 나들이가 아닌 박경리 작가를 찾아가는

길이었다. 책은 인터넷 서점을 통하여 주문하면 되고 다른 자료
는 컴퓨터를 열면 얼마든지 볼 수 있고 구할 수 있다. 그러나 필자
에게는 어딘가 채워지지 않는 공간이 있었고 그곳을 무엇으로 채
워야 하는지 알 수 없었다. 휴일 아침 하동으로 가는 자동차 안에
서 그 무엇인가에 대한 열망은 목마른 사슴이 시냇물을 찾는 것보
다 간절했다.

이번 하동 평사리 여정은 초행이 아니었다. 재작년에 방문했을
때 코로나-19 팬데믹이 창궐로 박경리 문학관은 한시적으로 폐관
한다는 안내문이 있었다. 그때 토지 야외 촬영장만 둘러보고 아
쉬운 발길을 돌렸었다. 그 길을 되짚어가는 마음은 비장한 투사
의 마음과 다르지 않았다. 쥘부채 하나 들고 외줄에 막 발을 올려
놓으려는 광대의 심정이 그와 같을까.

박경리 문학관에 도착하여 발걸음을 옮기면서 옷깃을 매만지
고 심호흡했다. 잔디로 조성된 마당에는 잔디를 밟지 않고 걸을
수 있도록 넓은 돌을 이어 붙여 놓았다. 마치 징검다리를 걷는 기
분으로 한걸음 또 한걸음 걸었다. 박물관 앞 광장에 박경리 작가
의 동상이 마치 관람객을 맞이하듯 서 있다. 동상의 받침 측면에
버리고 갈 것만 남아서 참 홀가분하다는 작가가 생전 했던 어록이
새겨져 있었다.

문학관 내부로 들어가는 입구에는 '그래, 글 기둥 하나 붙들고 여까지 왔네.'라는 글이 세로로 새겨져 있었다. 그 문장을 읽으면서 필자의 가슴에 쿵 하고 큰 바위가 굴러들어 오는 것을 느꼈다. 문학관에 내부에 전시어 있는 박경리 작가의 걸작 『토지土地』의 역사를 관람하는 내내 숨을 크게 쉴 수 없었다. 작가의 유품을 마주했을 때 필자의 심장이 잠시 멈추었다. 박경리 작가가 작품을 쓸 때 국어사전을 늘 곁에 두었다는 글을 읽은 적이 있었다. 막상 그 국어사전과 마주했을 때는 눈을 깜박할 수조차 없었고 몸이 점점 굳어지더니 순간 발작하듯 전율했다. 크고 두꺼운 국어사전을 책장의 끝이 닳고 닳아서 얇아졌고 표지는 찢겨나간 듯 알몸이었다. 그리고 그 옆에 있던 손잡이가 반들반들하게 윤이 나는 돋보기도 작가를 만난 듯 숭고했다.

　　문학관 내부를 관람하고 밖으로 나와 박경리 작가(동상)를 만났다. 필자는 작가의 옷자락을 만지고 작가의 손을 잡고 작가의 눈을 보고 한참을 머물렀다. "난 특별히 문학을 내 인생과 갈라놓지 않는다. 내 인생이 문학이고, 문학이 내 인생이다. 글을 쓰지 않은 내 삶의 터전은 없었다. 목숨이 있는 이상 난 또 글을 쓰지 않을 수 없었고, 보름 만에 퇴원한 그날부터 가슴에 붕대를 감은 채 『토지土地』를 썼다. 문학의 바탕은 휴머니즘이다. 글 쓰는 데 몰두한 게 내 삶의 전부다." 작가의 음성을 마음으로 들으면서 필자의 깊은 내면에 문학의 유전자로 새겨지기를 염원했다.

작가를 알현하고 돌아서는 데 석양이 내 정수리를 밝게 비추었다. 작가의 삶을 녹여 탄생시킨 열여섯 산맥을 더듬으면서 무엇을 찾아야 하는가. 호열자라는 새까만 죽음의 빛깔과 벼의 황금빛이 삶과 죽음의 대비가 하나의 색채로써 확대되고 심화시킨 작가의 필력을 필자의 DNA에 각인시켜야 한다. 자음과 모음, 점 하나도 놓치지 않고 모두 샅샅이 살펴야 한다. 작가가 잡았던 글 기둥 어느 끝이라도 붙들어야 한다는 간절함이 꿈틀거린다. 돌아오는 길은 천군만마를 얻은 듯 든든하고 험산준령을 거뜬히 넘을 수 있을 것 같은 강한 믿음으로 충만했다.

8.
나는 무엇으로 사는가

　내가 사무실에 앉아 왼쪽으로 시선을 돌리면 창밖으로 야트막한 능선이 보인다. 그 능선 허리를 끼고 곡선의 길이 도로로 연결되어 있다. 나는 점심시간에 사무실을 벗어나 넓은 도로까지 시간을 재고 걸었다. 가끔 창 너머로 보이는 짧은 길을 볼 때마다 그 길을 걷는 데 시간이 얼마 걸리지 않을 것이라고 짐작했었다. 막상 걸어보니 구불구불한 길을 따라 넓은 도로에 접하는 이정표가 있는 곳까지 15분이 소요되었다. 왕복 30분 거리다.

　그 길을 따라 오른쪽으로 웃자란 나무들이 즐비하게 서 있는 능선이 있다. 그 왼쪽에는 논과 밭이 펼쳐져 있다. 더러 비닐하우스 설치가 되어 있는 곳도 있다. 겨우내 논바닥은 텅 비어 있었고 겨울바람이 심술부리듯 휘몰아칠 때 배회하는 소리가 외롭게 들렸다. 어딘가 빈 병이라도 있었더라면 바람이 잠시 머물면서 휘파람 소리로 노래할 수 있었을 텐데. 바람조차 쉬어 갈 공간 없는 허허로운 들판이었다.

그 길은 능선 아래 놓여있고 길 아래 논과 밭이 있다. 언젠가 어스름한 퇴근길에 갑자기 나타나서 나를 깜짝 놀라게 했던 고라니를 만났던 지점에 이르렀을 때 잠시 멈추었다. 그때 고라니는 능선에서 내려와서 추수가 끝난 논에 들렀다가 다시 능선으로 돌아가기 위해 길에 올라왔을 것이다. 고라니 쪽에서 생각해 보면 갑자기 나타난 자동차가 더 당혹스러웠을 것이다. 서로 충돌하지 않고 비껴갔으니 다행이라고 생각하면서 실소를 머금었다.

나는 무엇으로 사는가.
스스로 자문하고 있다. 내가 바쁜 일상에서 소재를 찾아 글을 쓰는 시간은 나르시시즘에 취하는 시간이었다. 나는 글제를 선택한 후 몇 날 며칠을 글제를 안고 지낸다. 그리고 글제를 품고 시로 쓸 것인지 수필로 표현할 것인지 전전긍긍한다. 나는 가정과 직장에서 일하면서도 머릿속에서는 글제의 퍼즐을 맞추곤 한다. 더러는 잠자리에 들어서도 잠이 들 때까지 글제를 내려놓지 못하고 고심한다.

섬광처럼 반짝이는 찰나에 떠오르는 시제를 잊지 않기 위하여 휴대전화에 메모하곤 한다. 그때그때 떠오르는 어휘를 나중에 기록하려고 간과했다가 기억나지 않아서 후회했던 때가 많았었다. 그 후로 순간순간 떠오르는 영감을 휴대전화 메모장에 기록한다. 내 휴대전화는 전화기뿐만 아니라 많은 정보를 가지고 있다. 휴대전화 안에 나의 경력이 들어있고 강의자료와 글이 들어있다. 나는 휴대전화를 일컬어 손안에 있는 컴퓨터라고 여기고 있다.

한 편의 글을 쓰면서 나르시시즘에 취하고 탈고한 후 나르시스트가 되는 내게 덜컥 방지턱이 놓였다. 매너리즘의 늪에 빠진 것이다. 지금 나는 영롱하게 빛나는 별처럼 글제가 생각났을 때 초롱초롱한 눈빛으로 컴퓨터를 켜고 글을 쓰던 전과 같지 않다. 나 스스로 왜 글을 쓰는지 묻고 또 묻는다. 나는 한 편의 글이 인쇄된 종이를 만지작거린다. 그 글에 혼을 불어넣었는가. 그 종이가 과일을 싸매는 봉투가 되어 과수원으로 팔려 가서 사과를 감쌀 수 있을까. 그 사과는 향기롭게 익어갈 수 있을까. 아니면 화장지조차 되지 못하는 무용지물이 아니겠는가.

다시 힘을 내어 방 한 칸을 마련하여 내 글들을 모아놓으려 한다. 내가 수년 동안 쓴 글들을 모아놓고 그 글에 투영된 자신을 발견하고 상반되는 감정에 사로잡힌다. 내가 계명처럼 간직하고 있는 생각과 몸부림치는 마음을 간직한 글이다. 한 편의 글에 사람과 사람 사이 착하고 따뜻한 언어로 집을 짓고 별과 별 사이 아름다운 향기를 주고받으며 별이 되고 싶은 염원을 고스란히 담았다. 나의 글들은 산고 끝에 해산한 자식과 다름없는 나의 분신이다.

나는 그 글들을 모아들이고 어루만지다가 금세 다리에 힘이 풀려 털썩 주저앉고 말았다. 나는 신생아 같은 미생의 글이 험한 세상에 나가서 겪을 고초를 미루어 짐작하는 것이다. 내가 회임하듯 어휘를 잉태하고 한 편의 글이 완성될 때까지 불러오는 배를 손으로 지그시 잡고 생활하는 임부처럼 앉으나 서나 글 생각뿐이었다. 내가 자음과 모음을 나열하고 맞추고 이리저리 자리를 바꿔가면서 한 편의 글을 탈고했을 때 옥동자를 해산한 산모의 심정이었다. 그 글들은 세상 누가 뭐라 해도 내게는 눈에 넣어도 아프지 않을 자식이었다. 나는 지금 그 자식들이 세상에서 손가락질을 당할까 봐 걱정이 태산이다.

언제까지 자식들을 치마폭에 싸고돌 수도 없으니 이래저래 난감한 처지다. 나의 조우 탓으로 글들이 방구석에 갇혀서 영영 햇빛을 보지 못하는 것은 더 큰 잘못이 될 것이라는 결론을 내린다. 나는 사람과 사람 사이 풍파에 시달리면서 단단하게 성장했다고 여겼었다. 그러나 새로운 일을 맞이할 때마다 두려움 반 걱정 반으로 잠 못 이루면서 못났다고 자책한다. 얼마나 더 많은 세월이 흐른 후에야 덤덤하게 지낼 수 있을까.

별의 경지를 향하여

여자는 약하나 어머니는 강하다고 한 상투적인 말을 붙잡는다. 내가 쓴 글을 해산한 자식 같다고 했다. 그러니 그 글들은 나의 자식이고 나는 그 글들의 어머니가 아닌가. 나는 작은 주먹을 불끈 쥐어본다. 자식들을 일일이 말끔하게 어루만진 후 세상으로 내보내려 한다. 그 자식들이 예쁘고 잘 생겼다고 칭찬을 듣는다면 한없이 기쁘겠으나 요모조모 흠을 찾아 책잡힌다손 흔들리지 않으리라. 강한 어머니가 되어 그것들을 지켜주겠다고 다짐한다.

다짐하고 보니 나의 믿음은 미동조차 없다. 나의 사랑을 듬뿍 받은 글들이 세상에 나가서도 사랑받을 수 있으리라 믿는다. 그 글의 DNA에 착하고 따뜻한 혼을 불어넣었으니 어디를 가서 누구를 만나더라도 착하고 따뜻한 향기를 전할 수 있으리라.

나는 무엇으로 사는가.
나는 시제를 잉태하고 황홀한 나르시시즘으로 사로잡히는 시인이다. 한 편의 글을 탈고한 후 나르시시스트를 자처하는 수필가다. 나는 **뼛속**까지 글쟁이 유전자를 간직한 시인이라고 역설한다. 글을 써야 살 수 있는 수필가다. 글쟁이, 많은 자녀를 순풍 출산하기를 바란다.

9.

서재에서

　이른 아침 휴대전화 알람이 달콤한 잠을 깨운다. 간밤에 일정이 없는 토요일을 확인한 후 늦잠을 자겠다고 단단히 벼른 나를 무색하게 한다. 얄미운 휴대전화를 베개 밑에 놓고 돌아누워 잠을 청하지만 허사다. 이내 토요일 늦잠은 내 것이 될 수 없다는 것을 직감한다.

　나는 거실에 앉아 황금 같은 주말을 어떻게 보낼까 하고 이 궁리 저 궁리하다가 무릎을 탁~~ 치면서 묘안을 잡았다. 나는 서재 정리를 미루고 있었다. 학기 중에는 엄두를 내지 못했던 큰일이었다. 책꽂이에 분류하지 않은 채 쌓여있는 A4 용지를 어떻게 정리하느냐가 관건이었다. 우선 A4 용지 크기 상자를 몇 개 준비했

　　　　　　　　　　　　　　별의 경지를 향하여

다. 상자의 모서리에 박스 테이프를 덧붙여서 단단하게 고정했다. 상자마다 강의자료, 문학자료, 역사자료, 논문자료, 시낭송 자료 등 이름표를 붙이고 낱낱이 분류해서 방을 찾아주었다. 큰 상자 하나를 따로 마련한 후 쓸모없는 자료는 폐지로 분류했다.

휴대전화를 열어 음악을 들으면서 자료를 분류하는 내내 이런저런 생각이 교차했다. 어떤 자료는 소중하여 다시 한번 쓰다듬고 제 방을 찾아주었고 어떤 자료는 일순의 망설임도 없이 폐지상자로 던지는 것이었다. 나는 몇 시간 내내 꼼짝하지 않고 정리한 후 산뜻하게 바뀐 책꽂이를 보면서 만족했다. 나는 물 한 잔을 마시고 바로 책꽂이에 꽂혀있는 책들의 자리를 바꾸기로 했다. 당장 필요한 책들은 내가 의자에 앉아 손을 뻗으면 닿을 수 있는 곳에 두었다. 나의 필요에 따라 책은 가깝게 또는 멀리 자리를 잡았다.

서재의 한쪽 벽면을 책으로 가득 채운 책꽂이 앞에 큰 책상이 놓여있다. 책상 위에 노트북은 언제든지 내가 작업할 수 있도록 대기 중이다. 내가 책상을 앞에 두고 앉으면 맞은편에 화장대가 있다. 화장대의 큰 거울 속에 한 여인이 책상에 앉은 나의 일거수일투족을 감시할 태세다. 그 화장대 위에는 화장대 거울만큼 크기의 거울 사진이 걸려있다. 나는 책상 앞에 앉아 독서하고 글을 쓰는 내내 거울에 자신을 비추어 보면서 한 점 부끄럼 없이 살고 있는지 자문하곤 했다. 사계 중 겨울을 가장 좋아하는 나에게 흰 눈이 쌓인 겨울 풍경이 시선에 들어올 때 황홀하여 온몸으로 전율한다.

큰 책상이 간직한 에피소드가 있다. 딸이 고등학생이 되었을 때 책상을 새로 들여놓았다. 내가 가구점에서 제일 큰 책상을 선택했을 때 가족들은 손사래 치면서 만류했다. 이유는 분분했다. 남편은 작은 집에 비해 책상이 너무 크다고 했다. 당사자인 딸은 책상이 학생이 사용하기에 너무 커서 부담스럽다고 했다. 중학생이었던 아들은 내가 욕심이 많아서 무엇이든지 큰 것만 좋아한다고 너스레를 떨어서 모두 폭소했다. 그때 큰 책상을 고집하는 나를 아무도 이기지 못했다.

그 책상이 지금은 서재의 주인공이 된 것이다. 내 예견이 적중했다. 자녀들이 성인이 되면 내 서재에 큰 책상을 들여놓고 당당하게 일을 하겠다고 꿈을 꾸었다. 그 꿈이 현실이 되었고 나는 날마다 감사의 기도를 드리고 환희의 찬양을 부르고 있다.

서재 한쪽에 있었던 이동식 옷걸이를 다른 방으로 옮겼다. 책상에 앉아 주변을 둘러보았을 때 옷걸이에 걸려있는 옷에 시선을 빼앗기곤 했다. 그때마다 옷걸이를 보고 눈을 흘기고 그를 서재에서 추방하리라 다짐했다. 그를 다른 방에 감금하고 나니 십 년 묵은 체중이 말끔하게 가라앉듯 통쾌했다. 출퇴근 때마다 옷을 갈아입기 위한 불편을 감수하더라도 후회하지 않으리라 독백하면서 내린 중대한 결정이었다.

서재를 정리하면서 이어령 선생을 생각했다. TV의 한 채널에서 이어령 선생을 만나 대담하는 프로그램을 방영했다. 이어령 선생께서 시한부 판정을 받고 의료 치료를 거부하고 지낼 때였다. 이어령 선생은 몇 명의 독자와 탁자를 사이에 두고 대화하듯 당신의 일화를 전해주었다. TV를 통해 프로그램이 진행되는 동안 선생의 안색이 달라지고 있다는 것을 느낄 수 있었다. TV 방송이 종영된 후 얼마 지나지 않아 이어령 선생께서는 별이 되었다. 그 감동을 쉽게 잊을 수 없어서 나는 『이어령의 마지막 수업』 책을 품에 안고 지냈다. 많은 사람이 세기에 한 번 날 수 있을까 하는 위인이라고 했다.

한 번은 선생께서 당신의 서재에서 흥분을 감추지 못했다. 선생의 서재에 있는 책상은 무척 길었다. 책상에 컴퓨터가 세 개 이상 있었던 것으로 기억한다. 이어령 선생께서 그 책상을 종횡으로 움직이면서 "내 책상이 말이었어. 몽골의 초원을 달리는 칭기즈칸의 말이었단 말이야. 나는 이 책상에서 글을 쓰고 작업을 하고 무수한 일을 했어. 내 책상은 말이었고 내가 여기 앉아 일하는 동안 나는 말을 타고 달리는 것이었지."라고 말하는 동안 선생의 심장이 뜨겁게 뛰고 있다는 것을 직감할 수 있었다.

　서재를 정리한 후 책상 앞에 앉아 이어령 선생을 생각하는 이유는 무엇인가. 내 책상이 나에게 말이 될 수 있을까를 가늠하고 있었던 것은 아닐까. 책상 앞에 앉아 2023년 계획을 세우고 주먹을 힘주어 쥔다. 올해 나에게 새로운 기관에서 중책을 위촉했고 스스로 부여한 과업 또한 만만치 않다. 나에게 맡겨진 달란트가 여러 개다. 모든 일에 매사 신실하게 임할 수 있게 해달라고 간절하게 기도하면서 살얼음판을 걷듯 걸음을 옮긴다.

　기필코 해야 할 위대한 일, 그것에 방점을 찍는다. 내가 책상 앞에 앉아 말고삐를 바투 쥐듯 노트북을 켠다. 올해에는 하늘이 쏟아붓는 축복으로 충만하기를 기도한다.

별의 경지를 향하여

10.
수신인 없는 편지

　시간이 겨울의 문턱을 넘어선 지 3주가 지났습니다. 하루가 지나면 열두 개의 가지에 삼백예순다섯 개의 잎을 빼곡하게 달고 있던 나무는 하나의 가지에만 잎을 달고 있을 것입니다. 오 헨리의 마지막 잎새의 주인공이 되어 잎이 모두 떨어지기까지 시간을 세고 있을 것입니다. 그러나 나의 시간은 슬프지 않을 것이라고 믿습니다. 마지막 잎이 채 떨어지기 전에 싱그러운 잎을 무성하게 달고 있는 새로운 나무를 만날 수 있다는 확신은 침상에 누워있는 창백한 존시를 위해 폭풍우 속에서 마지막 잎새를 그린 베어먼을 기다리는 믿음보다 강하기 때문입니다.

　올해는 여느 해보다 치열하게 지냈습니다. 직장생활과 가정 살림을 병행하면서 토요일마다 대학원으로 달려갔습니다. 딱딱한 의자에 앉아 온종일 공부하는 것이 마냥 행복했습니다. 쳇바퀴 안에 갇힌 작은 다람쥐가 돌리는 원을 우주라 착각했나 봅니다. 장거리 운전하면서 차창으로 펼쳐지는 자연의 변화를 시간의 파노라마라고 여기며 감탄했습니다. 한정적인 연차는 피자 조각을 내듯 균등하게 선을 그어 문학회 행사와 요청하는 강의에 할애했습니다. 여분의 시간은 문학의 새로운 분야에 도전장을 던졌습니다. 천만다행으로 수상자로 선정되어 체면을 유지할 수 있었습니다. 바둑판처럼 칸을 나누어 메모할 수 있게 만든 탁상달력에 일정으로 빼곡하게 적혀있습니다. 나는 가끔 탁상달력의 메모를 보면서 '아, 연예인 일정이다!'라고 독백하면서 실소를 머금곤 했습니다.

내가 외적으로 많은 일정을 치열하다고 하는 것이 아니라는 것을 직감하십니까. 나의 밖에서 작은 원이 점점 더 큰 원으로 파문이 이는 것은 내면에서 엄청난 쓰나미가 할퀴고 난 후 소강상태라는 것을 모르십니까. 내가 그토록 안주하지 못하고 자신을 혹사하다시피 천 길 단애의 끝으로 몰아세우는 까닭이 무엇인지 아십니까. 혹자는 나에게 자신을 드러내고자 하는 야망 내지는 야심이 아니겠냐고 몰아세우더이다. 나에게 욕망이 크다고 질책하시렵니까. 욕심을 내려놓으라고 충고하시렵니까.

별의 경지를 향하여

산골에서 부모님과 함께 산비탈 밭고랑에 앉아 호미를 들고 흙투성이 고사리손으로 잡초를 뽑던 계집아이가 있었습니다. 가을 밤 품 안으로 쏟아지는 은하별을 받아 안고 어쩔 줄 몰라서 주저앉아 엉엉 울었던 순간이 영혼에 각인되어 있습니다. 도서관이 무엇인지 몰랐던 흙투성이 계집아이는 연필에 침을 묻혀가면서 글을 썼습니다. 시가 무엇인지 모르고 문학의 세계가 얼마나 깊고 넓은 공간인지 아무것도 모른 채 꾹꾹 눌러 시를 썼습니다. 그 계집아이가 소녀가 되고 빛나는 스무 살 시절을 지나면서 문학을 향한 꿈은 더 크게 부풀어 올랐습니다.

나의 어떤 달콤한 유혹에도 흔들림 없었던 일편단심 문학을 향한 열정이 나를 시인이 되게 했습니다. 나에게 수필가라는 관을 씌웠습니다. 문학의 오솔길을 끝없이 파헤치며 걷는 동안 칼럼을 쓰도록 안내를 받았습니다. 내가 작고 단단한 공간에 갇혀 매너리즘에서 벗어나려고 했을 때 밖에서 톡톡 단단한 틀을 깨부수는 거룩한 작업이 있었습니다. 내가 갇힌 공간에서 벗어나고자 몸부림치면서 안간힘을 쓰던 순간에 극적으로 다가온 구원의 손길은 줄탁동시라는 말보다 높고 위대하다고 고백합니다.

나에게 따끔하게 질문을 던지는 사람들이 있습니다. '왜 공부를 하는가. 남들은 돈을 줘도 하지 않겠다는데 비싼 돈을 주고 험난한 길을 자처하는 이유가 무엇인가.' 그 질문이 거침없이 질주하는 나에게 방지턱이 되어 고꾸라지게 했습니다. 얼마 후 나는 툭툭 털고 일어나서 멈추지 않고 의연하게 전진하겠다고 다짐했습니다. 넘어진 후유증으로 무릎에 상흔이 남아있으나 내 다짐을 견고하게 하는 빛나는 상처라고 여기고 있습니다.

내가 받은 상처가 너무 큽니다. 내 상처를 움켜쥐고 아프다는 신음조차 내지 못하는 이유를 아는 이가 없습니다. 내가 하소연을 하늘과 땅과 별만이 귀 기울일 뿐입니다. 아픈 만큼 성숙한다고 했던 상투적인 말을 흘려보내지 못하고 참고 또 참았더니 성숙하여 경지에 이르게 했습니다. 전에는 잔바람에 부르르 떨면서 숨을 곳을 찾았습니다만 지금은 폭풍우가 몰아쳐도 눈 하나 끔쩍하지 않을 자신이 생긴 것 같습니다. 세월이 약이라는 말이 괜한 소리가 아니었습니다.

질주를 멈추지 않을 것이란 걸 아십니까. 나 스스로 가을 서리처럼 차갑게 자신을 몰아세우고 때로는 헤어날 수 없는 소용돌이 속으로 자신을 떠미는 미련을 운명이라 여긴다는 것을 아십니까. 공유한 시간만큼 시나브로 영혼의 DNA가 닮았다는 것을 감지하고 있다고 믿습니다. 잎새에 미풍이 닿아 바르르 떨리는 것처럼 영혼이 그렇게 떨고 있습니다. 나는 별의 호흡을 아름다운 향기라고 여깁니다. 작은 꽃의 몸부림을 빛이라 부르고 있습니다.

지금까지 걸어온 노선에서 이탈하지 않을 작정입니다. 시간과 황금을 별을 보는 것과 맞바꾸는 거래에 망설이지 않을 것입니다. 사람과 사람 사이 따뜻한 사랑의 탑을 쌓는 일을 멈추지 않을 것입니다. 목적지에 조금 더디게 당도하더라도 지름길을 외면하고 작은 오솔길을 선택할 것입니다. 그 길을 따라 걷다가 풀숲에 숨은 뱀딸기를 보고 클로버 군락에서 한나절을 지체하더라도 네 잎클로버를 찾을 것입니다. 작은 개울을 만나면 바지를 무릎까지 걷어 올리고 편평한 돌에 앉아 다리를 개울물에 담그고 나뭇잎 사이로 반짝이는 햇살을 보면서 콧노래를 부를 것입니다. 내가 걸어온 길에서 별처럼 간직했던 꿈이 하나씩 가슴에 내려와 빛나고 있습니다. 내가 새로운 꿈을 꾸면서 전율하는 이유가 여기에 있습니다.

어제는 문학회에서 문학 답사를 다녀왔습니다. 회원들에게 감동을 주고 싶은 마음으로 개인기를 권유하면서 회원들의 이름으로 지은 삼행시를 읊어주고 마이크를 건네주었습니다. 회원들은 자신의 빛나는 이름에 감동했습니다. 답사 내내 동행하면서 진행을 지켜본 노학자가 그랬습니다. "이 양반 보통 사람이 아니네. 세계를 들었다 놨다 할 양반이네!"라고. 노학자에게 머리를 조아리면서 감사했습니다. 노학자께서 준 축복의 덕담이 그대로 이루어지기를 원한다고 욕심내며 간직했습니다.

내가 사는 이유가 여기에 있습니다. 예까지 살아온 발걸음마다 언어로 뿌린 씨앗과 글로 심은 씨앗이 탐스러운 열매를 맺고 있습니다. 내가 심은 선의 씨앗이 맺은 열매는 30배, 60배, 100배가 되리라 믿습니다. 늘 지켜보시고 감상하시기를 간청합니다.

나무가 잎을 모두 떨어뜨리고 앙상한 나목으로 서 있어도 외롭지 않습니다. 순백의 하얀 눈이 솜이불이 되어 감싸줄 것을 알고 있습니다. 나무의 성긴 가지 사이로 바람이 지나갈 때도 서럽지 않은 이유는 어딘가 기다리고 있을 사랑을 믿기 때문입니다.

오늘은 겨울비가 내리더니 기온이 얼었습니다. 오늘 밤은 별이 오들오들 떨고 있을 것만 같습니다. 따뜻한 담요를 준비하고 별마중 가야겠습니다. 차가운 밤에 별이 더 밝게 빛나는 것을 아십니까.

에필로그

에필로그

그녀의 꼬리는 몇 개일까

태양이 화사한 빛으로 다가와 소리 없이 노크했다. 그녀는 어젯밤 늦은 시간 잠자리에 들면서 커튼을 꼼꼼하게 매만졌다. 창문과 커튼 사이 간격으로 아침 햇빛이 비치면 잠에서 깨기 일쑤였다. 늦잠을 자고 싶어도 일단 잠에서 깨면 다시 잠들 때까지 뒤척이면서 잠 속으로 빠져들기 위한 몸짓으로 곤욕을 치르곤 했었다. 간밤에 그녀는 휴일 아침 늘어지게 늦잠을 자는 호사를 누리겠다고 단단히 벼르고 새색시가 옷깃을 여미듯 창과 커튼 사이 공간을 빈틈없이 꼼꼼하게 갈무리하고 잠이 들었다.

그녀의 야무진 꿈은 수포가 되었고 침대에 누운 채 무거운 눈꺼풀을 들어 올렸다. 침대 바로 옆 커다란 창문에 드리운 커튼은 햇빛을 여과하여 잔잔하게 투영시키고 있었다. 커튼 양쪽 두 벌은 두꺼운 진분홍색으로 되어 있고 가운데에 있는 두 벌은 레이스 천으로 된 상아색이었다. 커튼을 중앙에서 양쪽으로 밀면 상아색 레이스와 진분홍색 두꺼운 천이 요란하지 않고 차분하게 조화를 이루었다. 그녀는 두 가지 색깔이 자아내는 분위가 제법 고급스럽다고 생각했다. 커튼을 볼 때마다 침실 분위기를 커튼이 좌우하고 있다고 생각하곤 했다.

그녀는 느리게-아직 잠이 달아나지 않아 비몽사몽 중이었다-눈을 돌려 맞은편 벽으로 시선을 던졌다. 천정까지 닿는 커다란 책장이 두 개 나란히 벽면을 전부 차지하고 있다. 똑같은 모양으로 된 책장은 사이좋은 쌍둥이라는 같다는 생각마저 들게 했다. 책장에 빼곡하게 꽂혀있는 책을 보고 푸~ 실소를 뱉었다.

커튼 사이로 직진하는 햇빛에 파노라마처럼 펼쳐지는 추억이 영화가 되어 상영되고 있었다. 그녀의 자녀가 태어나서 아장아장 걷기 시작했을 때 IMF 위기가 닥쳤고 남편의 월급이 줄었다. 그녀가 한 치 앞을 내다보지 못하고 거금을 들여 책을 사들였을 때가 IMF와 맞물렸다.

두 자녀가 말을 배우면서 동화책을 읽어주면 눈이 초롱초롱하게 빛났고 자녀들은 책 속으로 빠져들었다. 그녀는 우선 성장하는 자녀들에게 교육적인 혜택을 주겠다고 결심하고 배포 좋게 거금을 주고 책을 샀다. 남편의 불호령이 있었지만 이미 엎질러진 물이었다. 자녀들이 성장하는 시기마다 시시때때로 책을 샀다. 작은 평수의 아파트에서 네 가족이 옹기종기 지내면서 한 방을 책으로 채우고 책을 읽으면서 자녀들과 보냈던 달콤한 시간은 천금을 준다 한들 바꾸고 싶지 않은 역사였다.

자녀들이 성장하여 대학교에 진학하여 집을 떠나 독립하였다. 그녀가 지인들에게 책을 나누어주려고 했을 때 딸이 따로 챙겨서 꽂아둔 책이 지금 그녀를 과거로 가는 타임머신에 탑승하게 하였다. 딸은 책더미에서 보물을 건져내듯 이런 추억이 있는 책이라서 줄 수 없다. 저런 사연이 깃든 책이라서 간직하겠다. 딸이 책마다 이유를 붙여가며 간택하여 꽂아두었던 책이었다.

그녀는 두 자녀를 양육할 때 계획표를 짜서 벽에 붙여두고 그대로 지켰다. 초등학교 때 방학이 되면 스케치북을 펼쳐놓고 커다란 대접을 엎어서 동그라미를 그렸다. 동그라미 가장자리에 일정한 간격으로 24개의 점을 찍었다. 24개의 점은 하루 24시간이 되었다. 원의 중심점과 원의 둘레에 있는 점을 대나무 자로 연결하였다. 잠자는 시간은 가장 큰 부채꼴이었고 세 끼 식사 시간도 빠

짐없이 표기했다. 방학 숙제하기, TV 시청하기, 일기 쓰기 등 할 일을 차곡차곡 써넣고 부채꼴마다 각각 다른 색깔로 칠했다. 가장 큰 부채꼴 잠자는 시간에는 허리가 잘록한 달을 그리고 그 언저리에는 별을 그렸다. 책상 옆에 붙여두고 계획표대로 실천하겠다고 다짐했으나 사흘을 넘기지 못했다. 그야말로 작심삼일作心三日이었다.

그녀는 학생 때와 달리 계획표에 적힌 대로 오전에 동화책 읽어주고 집안일하면서 자녀들과 놀아주었다. 오후에는 동화책을 읽어주면서 낮잠을 재우고 잠에서 깨면 산책했다. 집 근처에 국립부여박물관, 궁남지, 정림사지가 있었기 때문에 어린 자녀들의 산책 코스로 안성맞춤이었다. 첫째는 걸리고 둘째는 유모차에 태워서 궁남지까지 걸어가는 동안 만나는 것이 모두 이야깃거리였고 교육 소재였다.

강아지풀이 길섶에 있으면 자녀들 손등을 강아지풀에 대고 간질이면서 감촉을 느끼게 했다. 어린 자녀들이 그 산책로에서 통통하게 익은 콩꼬투리를 만지면서 알이 들어있나 보라고 했을 때 상상력이 확장하고 있다는 걸 감지했다. 둘째 자녀도 성장하여 유모차가 필요 없게 되었을 때 주변 상가를 돌아다니면서 간판을 읽기 시작했다. 자녀들은 말을 배우면서 자연스럽게 글을 읽었다. 그때 어린이를 겨냥한 한글 배우기 학습지와 책이 범람할 때였다. 자녀들의 교육을 위해서라면 거액으로 책을 사는 일에 망설임이 없었던 그녀는 한글 배우는 학습지 앞에서는 도리질을 서슴지 않았다.

그녀는 자녀들의 한글은 동화책을 읽으면서 자연스럽게 터득하는 것이 상책이라고 생각했다. 활자로 된 틀에 박힌 몇 개의 단어를 초월하여 동화책을 읽어주면서 상상력을 팽창시키고 한글을 재미있게 배울 수 있는 환경을 만들어 주고 싶었다.

그녀의 선택은 탁월했다. 자녀들은 걸음마를 배우고 아장아장 걷기 시작하면서 한글을 줄줄 읽기 시작했다. 간판에 있는 상호는 물론 아파트에 주차한 자동차의 이름을 올망졸망한 고사리손으로 짚어가면서 읽었다. 자녀들이 영어 알파벳을 읽을 수 있게 되었을 때 SONATA 차 뒤에 서서 에스, 오, 엔, 에이, 티, 에이 하고 큰 소리로 읽으면 물개박수를 치면서 폭풍 칭찬을 했었다. 당시 자녀들의 한글 교과서는 도처에 있었다.

그 무렵 남편 지인들과 모임이 있었던 식당에서 사건이 발생했다. 둘째 아들이 식당 벽에 있는 커다란 메뉴판을 줄줄 읽었다. 지인들의 자녀들이 우리 아이들과 비슷하여 한두 살 많거나 적었기 때문에 고만고만한 또래였다. 아들이 또박또박하게 글을 읽었을 때 식당에서 일하는 사람들은 물론 지인들의 눈이 동그래졌다.

이구동성으로 신동이다, 천재다, 영재라는 말이 오갈 때 남편의 얼굴빛이 어둡게 변했다.

그날 식당에서 돌아와서 남편이 화난 목소리로 밖에서 자녀들이 글씨를 읽지 못하게 하라는 것이었다. 다른 가족들이 불쾌할 수 있지 않겠냐면서 우리 자녀들이 유별나게 보이지 않도록 각별하게 신경 쓰자고 했을 때 그녀도 동의했다. 그날부터 자녀들이 글을 읽는 것보다 마음이 따뜻한 사람이 될 수 있는 방법을 찾았다. 동화책 '의좋은 형제'를 의도적으로 자주 읽어주면서 사이좋은 남매가 되라고 했다.

우리 속담에 선조들의 지혜가 담겨있고 깨우쳐 주는 점이 많았다. 자녀들과 속담 카드를 가지고 재미있게 노는 것이 학습이었고 그녀의 의도대로 자녀들에게 지혜가 스며들었다. 둘째가 초등학교 1학년 때 외가 논에서 벼가 익어갈 때 외할아버지 손을 잡고 "할아버지, 벼는 익을수록 고개를 숙이지요? 사람이 많이 배우고 많이 알면 겸손해야 한다는 뜻이지요?"라고 해서 외할아버지를 깜짝 놀라게 했었다.

첫째가 다섯 살 되던 해 둘째는 세 살이 되었다. 그녀는 공부하기로 굳게 마음먹고 두 자녀를 안고 한국방송통신대학교 영문학과에 입학원서를 냈다. 지금은 인터넷으로 언제든지 공부할 수 있지만 24년 전 그녀가 공부할 때는 TV 방송 채널을 통해 공부했기 때문에 방송 시간을 놓치지 않으려고 달력에 적어두고 공부했다. 몇 과목은 카세트테이프를 들으면서 공부했다. 카세트테이프를 듣는 과목은 수없이 반복해서 들을 수 있어서 좋았다. 두 자녀를 양쪽에 끼고 TV 방송으로 공부하는 과목은 놓치는 부분이 많아서 비디오테이프를 사서 녹화하면서 공부했다. 가정사와 자녀들의 양육을 우선으로 했기 때문에 그녀의 공부 시간은 모두가 잠든 깊은 밤이었다.

그녀의 의욕과는 달리 강의를 들을 때 분명 이해했는데 돌아서면 까맣게 잊어버려서 실망하는 일이 일상이었다. 교재를 펴놓고 방송을 들으면서 중요한 부분에 밑줄을 긋는 그녀를 보고 자녀들도 동화책에 밑줄을 그었다. 여름에는 아파트에 있는 평상에 주부들이 삼삼오오 모여서 수다 떨었고 어떤 날에는 음식을 나누어 먹으면서 폭소를 터뜨렸다. 기말고사를 코앞에 둔 그녀는 작은 책상에 박제된 채 영어와 사투를 벌이고 있었다. 몇 번씩 반복해서 듣고 읽어도 영어는 가까이하기엔 너무 먼 이방인이었다.

학기마다 기말고사 시험을 보러 대전으로 갔다. 다행히 시험을 보는 날이 일요일이었기 때문에 아빠가 동행할 수 있었다. 이른 아침 부여에서 출발하여 그녀는 시험장으로 가고 저녁이 되어 땅거미가 운동장에 가득 내려올 때까지 아빠와 아이들은 따로 시간을 보냈다. 어두컴컴한 시간에 부여로 오는 자동차 안에는 과락을 염려하는 엄마의 한숨 소리와 얼굴과 손에 땟국물이 줄줄 흐르는 자녀들의 새근새근 숨소리가 잔잔한 선율이 되었다가 육중한 선율이 되어 흘렀다. 그렇게 시간을 보내면서 마지막 기말고사를 본 날은 가족 모두 식당에서 고기를 먹었다. 이십 년이 지난 지금도 자녀들은 그때 먹었던 꽃등심이 세상에서 가장 맛있는 음식이라 말하고 있다.

그녀가 공부를 마쳤을 때 전업주부로서 현모양처가 되고 싶었던 꿈이 탈바꿈하기 시작했다. 작은 아파트에서 학교 근처에 있는 이층집으로 이사했다. 일 층에서 살림하고 이층에는 교육청 인가를 받아 공부방을 차린 후 학생들 학습지도를 하게 되었다. 주부 그녀가 선생님이 되었다.

아침에 자녀들이 등교하고 나면 오전에 집안일을 했다. 청소하고 빨래하고 저녁 식사 준비도 오전에 했다. 우렁각시가 되어 오전에 집안일을 끝내고 초등학생들이 하교하는 오후가 되면 교사로 변신했다. 학생들이 공부방에 와서 수업하는 시간에는 일층으로 내려가지 않는 것이 철칙이었다. 그녀의 자녀들은 이층 공부방 출입을 철저하게 금했다. 자녀들이 준비물을 사거나 급한 일이 있을 때는 용건을 쓴 쪽지를 내밀었다. 그녀가 수업 시간에 살림하는 공간에 내려가지 않았던 것과 학생과 자녀들을 함께 공부 시키지 않은 건 그녀의 철학이었다. 그녀가 지독하리만치 스스로 가책을 멈추지 않은 것은 전문가로서 갖추어야 할 기본이라고 여겼기 때문이었다.

성인이 된 자녀들이 더러 항변할 때가 있다. 자녀들이 다니던 피아노 학원 선생님은 딸을 피아노학원에서 가장 좋은 피아노로 가르쳤다고 했다. 두 자녀가 언성을 높이면서 공부방에 얼씬 못하게 했던 그녀에게 지난날 서운했었다고 했을 때 그녀가 말했다. 고슴도치도 제 새끼 귀한 줄 안다는 말이 있듯이 공부방에 자녀들을 옆에 두고 다른 학생들을 지도할 때 남들 눈에는 고슴도치가 제 자식 싸고도는 것처럼 보이지 않았겠는가. 참외밭에서 신발 바꿔 신지 않는다고 했고, 배밭에서 갓끈을 다시 매지 않는다는 말을 있다고 했을 때 자녀들은 두손 두발 모두 들었다.

그녀는 공부방에서 학생들 학습지도를 하면서 하나의 꿈을 이룬 보람으로 행복한 날을 보냈다. 그녀의 학습지도는 학생의 성적을 담보로 하는 일이었기에 자칫 학생의 마음에 상처를 주지 않으려는 태산 같은 염려를 하면서 삼가 조심했다. 학생의 인격을 존중하면서 학습지도를 했고 일주일에 한 번은 문제집을 덮고 독서하는 날로 정했다.

공부방에서 독서에 방점을 찍게 된 계기는 학교 시험성적 위주로 문제집을 풀면서 한계를 체감했기 때문이었다. 수학에 논술을 접목한 서술형 문제를 풀 때 학생들의 어휘력이 현저히 부족했다. 서술형 문제를 읽고 이해하지 못해서 간단한 사칙연산을 못하는 어처구니없는 일이 생겼다. 학생들 개개인에게 서술형 문제를 한 줄씩 읽으면서 이해하게 도와주었을 때 막힘없이 계산하는 것을 보고 독서하는 날을 정했다.

　독서의 효과는 가히 파격적이었다. 우선 학생들이 문제집을 덮어버리고 책을 읽는 것을 휴식처럼 좋아했고 학부모들도 양손 들고 찬성했다. 그때 쓰나미급 독서의 효과로 주말 독서논술 수업을 개설했다. 그야말로 눈코 뜰 새 없는 시절이었다. 독서에 대한 위력은 그녀에게는 운명과 다름없었다. 스무 살부터 일찍이 직장생활을 하면서 공부하고 싶었던 갈망을 독서에 쏟아부었던 그녀였다. 그녀가 주부가 된 후 늦은 공부를 할 수 있었던 원동력이 바로 독서에서 나왔다는 것을 전율하리만치 잘 알고 있었기 때문에 독서논술 수업에 열정을 쏟아부었다.

　학교에서 소풍 가는 날이거나 운동회가 있는 날은 으레 학원도 쉬는 날이었다. 물론 학생 못지않게 학원 교사도 휴가나 다름없는 날이었다. 그러나 그런 날에도 학생들은 쉬지 않고 공부방에 왔다. 공부방 양쪽 벽면에 책꽂이 가득 꽂혀있는 책이 학생들을 유혹했고 학부모들도 놀아도 공부방에 가서 놀면 안심하게 되었다. 하여 그녀는 다른 학원에서 누리는 휴가라는 호사를 누릴 수 없었다. 애당초 누군가 그녀에게 쉬는 호사를 누릴 것인가 학생들하고 책 속으로 여행을 떠날 것인가 양자택일하라고 했더라면 그녀는 후자를 선택했을 것이다.

그녀는 학생들과 아옹다옹 좌충우돌 티격태격 지내면서 대학원 과정 공부를 시작했다. 오전에 집안일을 하고 오후에 수업을 마치고 밤에는 인접한 논산시 건양대학교 대학원에 가서 사회복지 석사과정 공부를 했다. 그 일정을 소화하는 것이 만만치 않았지만 무엇 하나 소홀히 할 수 없었다. 그녀의 일을 천칭 저울에 올려놓으면 어느 쪽으로 기울지 않고 팽팽한 수평을 이루었을 것이다.

그런 중에 오랜 숙원사업이었던 문학에 입문하게 되었다. 서울에 있는 《문학공간》에서 수필가 등단, 대전 《문학사랑》에서 시인으로 등단했다. 그녀에게 문학은 불가분이었다. 어떤 이유를 들이대며 떼려야 뗄 수 없는 운명과도 다름없었다. 그녀는 국민학교(초등학교) 시절부터 시작 노트를 들고 다니면서 글을 썼다. 시詩가 무엇인지 모를 때부터 클로버 군락에서 네잎클로버를 찾듯 시제를 찾았으며 시답잖은 시일망정 썼다. 그때 싹튼 문학의 유전자는 꽃다운 스무 살 시절 독서에 심취하면서 왕성하게 성장했으리라. 이를테면 그녀가 시인이 되고 수필가가 된 것은 너무도 당연한 귀결이었다. 콩 심은 데 콩 나고 팥 심은 데 팥 난다는 말은 이를 두고 하는 말이 아니겠나. 그녀의 변화무쌍한 변신의 서막이 문학과 함께 시작되었다.

그녀는 안주하지 않으려고 재주 없는 굼벵이가 되어 이리 구르고 저리 굴렀다. 등단 후 글쓰기에 박차를 가했다. 생활 속에서 시제가 될 만한 사연이 생기면 놓치지 않고 낚아채어 시를 썼고 수필을 썼다. 여행 중에 섬광처럼 떠오르는 시제나 표현이 있을 때는 따로 메모했다가 쓰기도 했다. 작가는 글로 대변한다고 되뇌면서 읽고 또 읽고, 쓰고 또 쓰고, 고치고 또 고치는 고단한 작업을 콧노래 부르면서 하고 있다.

언어는 인격이다. 그녀가 좌표로 삼은 경구였다. 시인은 삼라만상의 미묘한 움직임에도 귀를 기울이고 작은 변화를 알아채는 순수하고 맑은 영혼의 소유자여야 한다고 그녀는 말하곤 했다. 소위 글을 쓴다는 사람들의 참담한 언행을 목격하고 아연실색할 때마다 버릇처럼 뱉은 말이 언어는 인격이라는 말이었다.

그녀가 만나는 문학인 중 글 따로 말 따로 사는 이가 더러 있었다. 그녀는 처음 문학에 귀의할 때 가졌던 초심을 굳건하게 지켜내리라 다짐하고 또 다짐하고 있다. 이래저래 아연실색할 일이 많았지만 그럴수록 힘찬 강물을 역행하는 연어처럼 착하고 따뜻한 글을 쓰겠다던 다짐은 흔들리지 않았다. 오히려 운명처럼 목숨처럼 고수할 명분으로 더 깊게 자리하게 되었다.

무엇하나 드러나지 않았던 그녀였다. 글이면 글, 재능이면 재능 주목받지 못했던 그녀였다. 그녀는 거푸집 같은 고치 안에 갇힌 애벌레가 되어 학생들 학습지도를 하고 글을 쓰고 공부를 계속했다. 어느 순간 학생들의 수가 현저히 줄어드는 과도기에 놓였다. 정부의 산아제한 정책의 결과로 학교마다 전교생 수가 반토막이 되었고 자연히 공부방에 오는 학생들도 반으로 줄었다. 그녀는 변신을 꿈꾸며 사회복지사 공부하기를 잘했다고 자위했다. 그녀가 공부방을 정리하고 사회복지사가 되었을 때 자녀들은 대학교에 진학하여 집을 떠났다. 드디어 그녀도 고치 안에서 밖으로 나가 직장생활을 시작했다.

사회복지사가 되어 재가노인복지센터에서 일했다. 수급자 어르신들 만나 상담하고 서류를 작성하여 건강보험공단에 제출하는 업무, 요양보호사가 수급자 어르신 댁에서 일하는 시간에 방문하고 상담하는 업무 등 놓치면 안 되는 일이 많았다. 주간보호센터에서도 근무했었다. 수급자 어르신 댁으로 찾아가는 재가복지센터와 반대로 수급자 어르신들을 센터로 모시고 와서 돌보는 곳이 주간보호센터였다. 어르신들을 댁에서 센터로 모시고 오고,

끝나면 센터에서 댁으로 모셔다 드리는 차량 업무도 막중했다.

사회복지사로 일하면서도 그녀의 도전은 멈추지 않았다. 시낭송을 배우고 대회에 출전하여 대상을 받고 정식으로 시 낭송가가 되었다. 그녀는 학창 시절 국어 교과서에 나온 시를 외우는 것을 좋아했다. 국어 시간에 배운 시를 외우는 수행평가가 아니더라도 초등학교 때부터 교과서에 나온 시를 줄줄 외우는 것을 즐겼던 그녀였다. 더러 일부러 긴 시를 외우는 호기를 부리기도 했다. 그랬던 그녀에게 시낭송가는 반짝이는 날개를 다는 것과 다름없었다. 지역 행사나 축제가 있을 때 무대에 올라 배경음악에 시를 실어 감동을 선사했다.

학생들 학습지도를 할 때부터 강사가 되고 싶은 꿈을 꾸고 강의에 관한 책을 사서 독학했다. 공부방 한쪽 벽 구석에 당시 유명한 강사의 사진을 붙여두고 사진을 볼 때마다 좋은 강사가 되게 해달라고 기도했다. 강의하는 동영상을 보고 책의 내용을 녹취하면서 노력했다. 그런 그녀에게 절호의 기회가 찾아왔다. 충남신문에서 시민기자 양성 과정 프로그램에 강의하라는 제의가 들어왔다. 두 시간의 강의를 위해서 자료를 찾아 정리하고 강의 PPT를 만들고 두 달 동안 날마다 연습했다. 강의가 끝난 후 수강생들의 갈채를 받았고 강사로서 자리매김하게 되었다.

그녀가 B문학회 사무국장을 맡아 일하는 동안 동시다발적으로 C문학회 사무국장, D문학회 편집국장, H문학회 사무국장으로도 일하게 되었다. 그녀가 단체에서 중책을 떠안게 된 데는 거절하지 못하는 그녀의 성품과 미련하리만치 신실한 책임감이 한몫했다. 그녀는 언제나 그랬듯이 지독하게 균형을 유지하면서 직무를 수행했다. 문학회마다 크고 작은 행사가 있을 때마다 온 힘을 기울였고 얽히고설키는 일이 없도록 순차적으로 진행했다. 가뭄에 콩 나듯 동시에 처리할 일이 있을 때는 거실에 있는 컴퓨터와 책상에 있는 노트북으로 뚝딱 처리하는 능력자가 되었다.

그녀가 B문학회 사무국장이었기에 한국문인협회 전국대표자대회행사 때 식전 행사 사회를 맡았던 것도 행운이었다. 출연진 두 팀을 소개하는 간단한 사회를 보는 자리였다. 그녀는 행사의 격을 지키려는 충심으로 사회 시나리오를 작성했고 여러 번 읽으면서 연습했다. 행사가 있던 날에 넓은 홀에 가득 찬 전국에서 온 문학인들 앞에서 의연하게 진행했다. 부여 출신인 문학회 이사장님이 아름다운 목소리로 사회를 잘 봤다고 추켜세운 바람에 C문학회 사무국장으로 발탁되었다.

C문학회 규모가 큰 단체였다. 따라서 사무국장의 역할이 중대했으며 일이 많았다. 2023년부터 시스템을 통하여 사업 신청은 물론 집행과 정산을 하는 과정이 만만치 않았다. 직장에서 업무

를 대부분 컴퓨터로 보고 있었다지만 돈과 관련된 문학 행사 정산은 한 치 오차 없이 정확해야 했고 여러 절차에 걸쳐 진행이 이루어지기 때문에 손에 땀이 났다. 행사마다 정산을 마친 서류는 두툼한 책의 분량이었다. 연말에 관계기관에 정산 보고를 했어도 끝이 아니었다. 해가 바뀌더라도 새로운 담당자로부터 질문을 받고 더러 실적자료 보완 요청에 응대해야 했다. 그렇게 숨이 차게 오르고 또 올랐다.

그녀가 문학인으로 깊어지고 강사로 넓어지고 시낭송가로 클수 있었던 비결은 책임감으로 업무를 수행해 낸 데 있다고 자부하고 있다. 직장에 다니면서 문학회 일과 강의 요청을 수락하는 저력은 무엇일까. 그녀의 최대 무기는 긍정적인 마음과 열정적인 자세였다. 사람과 사람 사이 이맛살 찌푸리지 않고 엉킨 실타래를 한 올 한 올 풀어내듯 흐르는 물처럼 인연을 엮어가는 것도 그녀만의 강점이라 할 수 있다. 별과 별 사이 지혜를 포착하고 뜻을 찾는 일을 게을리하지 않는 것도 간과할 수 없는 그녀만의 어떠함이었다. 어쩌다 말도 안 되는 어처구니없는 일이 닥쳐도 모두가 협력하여 선을 이룬다는 말을 읊조리면서 지그시 눈을 감았던 그녀였다.

그녀의 가방이 무기라는 별명을 갖게 된 사연도 여러 단체에서 맡은 임무 때문이었다. 무시로 어디서든지 대응할 수 있도록 단체 통장과 직인을 소지하고 다녔다. 가방 안에는 여러 개의 작은 주머니로 가득 차 있다. 통장 주머니, 직인 주머니, USB가 들어 있는 주머니들이다. USB가 들어 있는 주머니 안에는 단체 이름을 적은 지퍼백마다 단체의 USB가 들어있다. 물론 그중에는 그녀의 개인적인 강의와 시낭송 배경음악이 들어 있는 USB도 있고 논문 쓸 때 자료를 저장한 USB도 있다.

그녀의 가방은 그녀에게 외장하드 역할을 하는 셈이었다. 누가 그녀의 가방을 감추기라도 하는 날에는 그녀는 아무것도 하지 못할 정도로 모든 자료가 그 안에 있다. 언젠가 딸과 외출할 일이 있었는데 딸이 가방을 들어준다며 받아 들었다가 가방을 들었던 어깨가 푹 기우는 통에 폭소를 터뜨린 일이 있었다. 그 후로 그녀의 딸은 그녀의 가방은 그녀를 지키는 무기라고 했다. 누군가 덤비기라도 하면 한 번 휙 두르면 해머와 같은 위력을 발휘할 거라고 했다.

그녀가 정한 별에 이르는 최종목적지는 박사과정이었다. 그녀는 지천명 중턱에 다다랐음에도 꿈을 향한 도전을 멈추지 않았다. 시간의 수레바퀴는 한시도 멈추지 않고 성실하게 굴렀다. 자녀들은 성인이 되어 자신들의 좌표를 따라가고 있었고 남편이 옆에서 든든하게 외조해 준 덕에 문학박사 과정에 당당하게 출사표를 던질 수 있었다.

박사과정 수업은 늦은 만큼 절실했고 절실한 만큼 매우 뜨거웠다. 주말마다 자동차를 운전하여 금산으로 달렸다. 대학원을 오가는 동안 황홀경에 빠져들었다. 그녀 혼자만의 공간에서 오매불망 원하는 공부 하러 가는 길은 조금도 힘들지 않았다. 형형색색의 꽃이 양탄자가 되어 꽃길을 연출하고 있다고 착각할 정도로 행복했다. 자동차를 운전하여 오가는 시간은 기도하는 거룩한 시간이었으며 시낭송을 연습하는 평온한 시간이었다. 그녀는 넘치는 감사와 축복을 주체하지 못했다.

대학원에서 외국인 원생들을 만난 건 축복의 덤이었다. 한류열풍의 기류를 타고 동남아에서 한국어를 배우러 온 이국의 별들을 새로운 인연으로 단단하게 묶어 두었다. 베트남에서 중국에서 미얀마에서 몽골에서 우즈베키스탄에서 온 이국의 별들. 대부분 그들의 나라에서 한국어 교수로 재직하다가 한국어를 배우러 왔으며 학위를 받은 후 본국으로 가서 한국어 교수로 일할 것이라고 했다. 그 이국의 별들에게 그녀는 동경의 별이었다. 그녀가 대학원 행사 때 시낭송을 하고 과제를 발표하면 일제히 휴대전화를 들고 동영상을 찍어서 전달해 주었다. 그런 그들의 기대에 부응하는 마음으로 강의 시간에 쓴 노트와 과제를 공유했다. 외국어 시험과 종합시험공부를 같이했다. 참으로 꿈같이 흐른 시절인연이 따로 없었다.

그 이국의 별들과 교류를 이어가고 있다. 베트남 선생님이 운영하는 어학원에 한국어 교수로 초빙하여 한국어를 강의하고 있다. 우리나라 기업들은 베트남에 진출하고, 베트남 사람들은 한국에 오고 있는 작금이다. 그녀가 베트남어학원에서 한국어를 강의하게 된 건 물 만난 물고기와 다름없었다.

결국 그녀는 문학박사 학위를 받았다. 그녀의 박사학위 논문 주제는 『박경리 〈土地〉에 나타난 한국어문화문법』이었다. 그녀는 논문이 최종 통과되고 학위를 받게 되었을 때 문학과 문법이라는 두 마리 토끼를 거머쥐었다는 것을 알았다. 지도교수님이 역설하는 한국어문화문법에 대한 연구로 지도교수님께 인정받고 싶었던 야무진 꿈도 이룰 수 있었다. 그렇게 폭풍 속을 헤쳐오는 동안에 그녀는 내면으로 온갖 풍파를 겪으면서 밖으로는 잔잔한 평온을 유지했다. 그녀에게 지독하다는 수식어가 제격이었다.

그녀는 박경리의 『土地』 열여섯 권을 안고 뒹굴었다. 박경리란 별 앞에서 전율하고 그의 필력에 까무러쳤다. 등장인물들과 동고동락했으며 그들과 행보를 같이했다. 4만 여장이 넘는 분량, 600여 명이 등장하는 『土地』를 샅샅이 뒤지면서 한국어문화문법을 찾았다. 거대한 문학의 산맥을 종주하는 것만으로도 벅찼다. 저만치 떠나왔다가 책의 권, 쪽, 행을 표기하는 것을 놓쳐서 출발선으로 되돌아가서 일일이 표기하는 일이 더뎠다. 심장이 터질 것 같았지만 아무리 바빠도 바늘허리에 실을 매어 쓸 수 없듯 달리 방도가 없었다.

　그렇게 공부를 마친 그녀가 휴지상태에 놓였다. 무엇하나 달라진 것은 없는 것 같았다. 오히려 가슴에 단 훈장이 그녀를 짓누르는 멍에가 된다는 생각마저 하게 되었다. 무엇 때문에 외로운 분투를 했던가. 수없이 스스로 묻고 답을 찾고 있다. 그녀는 고달프고 고독한 길을 홀로 걷고 있다. 애당초 혼자 걸었고 지금도 여전히 혼자 걷고 있다.

　그녀는 구름을 베고 직진하는 양날의 검처럼 빛나는 햇빛을 보았다. 그리고 다시 자신에게 가책을 사정없이 휘두르는 것이었다. 그녀는 다시 경지를 정하고 도전하기로 했다. 지금까지 수직으로 경지를 정하고 위로 올랐던 것과 달리 수평을 향하여 경지를 정한 것이었다. 사방으로 뻗어있는 가없는 점에 도착점을 찍고 고독한 순례의 길을 걷고 있다. 종의 높이만큼 넓은 횡을 향한 여정을 계속하고 있다.

　그녀는 손에서 무언가 내려놓는 순간 다른 무언가 얻게 될 것이라고 예감했다. 사람과 사람 사이 아연실색하게 했던 인연을 내려놓았다. 그녀는 아름답고 향기로운 것을 두 배로 얻으리라 예감하면서 콧노래를 부르고 있다. 그녀가 시간을 분으로 쪼개면서 구르는 이유가 여기에 있다. 모두 협력하여 선을 이룬다는 진리를 품고 하늘땅이 뿜어내는 온기를 전신으로 받으며 변신을 시도하고 있다.

시간이 시나브로 흐르면 명명백백하게 드러날 것이다. 베일에 가린 밤하늘 둥근달이 구름에 둘러싸여 있다가 바람의 손짓에 베일을 벗고 선명한 모습을 보일 때 그녀의 꼬리가 몇 개인지 폭로할 것이다. 변화를 멈추지 않는 그녀의 꼬리가 몇 개인지 사뭇 궁금하다.

추천사

나의 별이 된 소녀

문학박사 **최태호**
중부대학교 명예교수, 한국대학교수협의회 대표

　덕향문학회에서 처음으로 김인희 시인을 만났다. 등단할 때부터 남다른 재기가 있었는데, 거기에 시낭송, 수필을 겸하더니 문학박사에 도전한다고 하여 놀랐다. 나이가 제법 있음에도 불구하고, 늘 밝은 웃음과 행동하는 지성으로 문단을 이끌어 가는 모습이 남다르게 다가왔다. 박사과정에 입학해서는 지각 한 번 하지 않고 늘 그 자리를 지켰다. 그 정도 나이가 되면 이리저리 할 일도 많고 약속도 많을 터이지만 항상 학문을 가장 우선 순위에 두어 정진하는 모습을 보여주었다. 문화문법을 연구하고 싶다는 의견을 낼 때는 참으로 기뻤다. 한국에서 아직도 문화문법에 대한 기반이 제대로 서지 않았는데, 박경리의 문학을 통해 문화문법을 정리한다고 하니 춤을 덩실덩실 추고 싶을 정도로 기분이 좋았다.

〈토지〉를 정독하고 자료를 600쪽 정도 정리하여 가지고 왔을 때, 속으로는 뛸 듯이 기뻤으나, 그녀를 울리고 말았다. 논문으로 써 사용하는 자료로서는 최고였으나, 아직 논문이라고 할 수는 없었기 때문이다. 그때 왜 칭찬을 하지 못했는가 하고 후회를 한다. 그 후 더욱 정진하여 박사가 되었다. 한국어 문화문법으로는 최초의 논문이기에 더욱 가치가 있다.

김인희 박사의 수필을 보자. 그녀는 늘 소녀다. 소녀와 비슷한 것이 아니고 그냥 소녀다. 마음 속에는 항상 윤동주를 그리워하고, 그를 닮고 싶어 하는 소녀다. 별을 노래하는 마음으로 수필을 써 왔다. 별을 그리워하고, 별을 닮고 싶고, 별이 되고 싶은 소녀다. 그녀의 글에는 군더더기가 없다. 아주 깔끔하게 하고 싶은 말을 한다. 그래서 명사회자로 이름이 났나 보다. 문학회에 가면 항상 사회를 보는 이유다. 우리 학회 세미나 때도 늘 김 박사에게 사회를 부탁하곤 했다. 학교 시낭송회 때도 사회를 보았다.

글에서 갈수록 깊은 맛을 느낀다. 처음에는 싱그러운 향기가 났는데, 이제는 농익은 묵은지 맛이 난다. 뼈 속에 깊은 울림을 준다. 수필이라는 것이 붓 가는 대로 쓰는 글이라고 하지만, 교훈적인 맛이 없으면 글의 가치가 떨어진다. 김 박사의 글에는 편하게 읽으면서 뭔가 배울 수 있는 맛이 들어 있다. 스승에 대한 고마움, 아버지에 대한 그리움 등이 읽는 이로 하여금 과거를 돌아보고, 앞으로 더 잘해야겠다는 감동을 준다. 문학은 감동을 선사하는 맛이 있어야 하는데, 김 박사의 수필은 읽으면서 자연스레 젖어들게 하는 마력이 있다.

별이 된 소녀는 언제쯤 어른이 될 것인가 궁금하다. 아니 그녀는 어른이 되어서는 안 된다. 늘 이 상태로 머물러 있었으면 좋겠다. 상큼한 봄내음을 풍기며 다가오는, 늘 그 자리에서 별이 된 소녀!

2025년 4월 5일

별을 찾아서

김인희 수필집

지은이 | 김인희
펴낸이 | 김영빈
펴낸곳 | 도서출판 시아북(詩芽Book)
발행일 | 2025년 05월 15일

출판등록 | 2018년 3월 30일
주소 | 대전광역시 동구 선화로214번길 21(3F)
전화 | (042) 254-9966
팩스 | (042) 221-3545
E-mail | siab9966@daum.net

값 15,000원

ISBN 979-11-94392-30-9(03810)

* 본 사업은 2025년 충남문화관광재단의 문화예술지원금을
  지원받은 사업입니다.